妄想とツッコミでよむ
万葉集

三宅 香帆＝著
相澤いくえ＝絵

大和書房

はじめに

萬葉集は風流な歌だけじゃない

萬葉集って、どんなイメージですか？

古典の授業で習った難しいやつ、とりあえず教養高そう、読んでもよくわからない、なんかすごそう、とか。古いとこに埋まったよーなイメージを持つかもしれない……けども！

私は、萬葉集って、多様性に満ちた、とても現代的な作品だと思うんです。多様性。そう、バラエティ。どういうことかというと。

萬葉集は歌集なので、和歌を収録しています。「和歌」といえば「ああ、今日も桜がきれいに散っていることであるよ」なんてよくわからない現代語訳が思い浮かぶかもしれない。古典の授業で習う、いわゆる「風流」なやつ。

和歌＝風流。ってイメージがひとたびついてしまえば、和歌嫌いになってしまうのも仕方ない。

でも萬葉集の和歌は、意外にも「桜がきれいに散っている」ことだけを詠む歌はわずかです。もちろん景色や季節の風物のみを詠んだ歌もありますが、ほかにも、多様なジャンルの歌が詰まっている。たとえば、この本のなかで紹介する「お酒の歌」。全二〇巻ある萬葉集の、三巻目に載っている歌。

あな醜賢しらをすと酒飲まぬ人をよく見ば猿にかも似る（巻三・三四四）

この歌を現代語訳してみると、こうなります。「まじでブス！　賢いフリして酒飲まぬ人をよく見ると、サルに似てるよ！」

萬葉集、お酒を飲む人、全肯定！

だって萬葉集には「宴会しながら詠んだ歌」がたくさん出てくる。そういえば元号「令和」の元ネタになった題詞（歌の「序文」のようなもの）もまた、梅を見る宴会のことを述べたものでした。しかもお酒を飲む人がサルと言われるならともかく、お酒を飲まない人がサルって。萬葉集、意外に口が悪いと思いません？　笑ってしまいますね。

で、この歌には面白い裏話があるのですが……まあそれは本編をぜひ読んでくださいな。

こんなふうに萬葉集には、一般的にイメージされるような、いわゆる「風流」な歌だけじゃなくて、もっと多様で、バラエティに富んだ歌がたくさん載っています。ではなぜ一般的にイメージされる和歌とちがうかというと、萬葉集は奈良時代に詠まれた歌を集めているから。平安時代やそれ以降の「和歌ってこうやって詠むものだ」とルールが設定された時代とは一味ちがう、奈良時代ならではの歌が収録されているんです。奈良時代は、まだ和歌のルールを作っていく段階なので、歌の内容も形式も、幅が決められていないがゆえに、多様なんです。（むしろ、ルールが作られていく過程を見られるのが、万葉集を読む楽しみだと思うんですけどね）。

だから、奈良時代の歌と平安時代の歌は、テイストがちょっとちがう。

だけどたとえば学校の古典の授業で、奈良時代と平安時代の和歌のちがいなんて、説明しはじめると混乱させちゃうでしょう。だからとりあえず、平安時代の和歌とひとまとめにして、奈良時代の和歌もだいたい同じだよーと教えちゃうわけです。あるいは「萬葉集にはおおらかな歌が多いです」と終わらせちゃう。おおらかってなんやねん。

が、しかし、そんなのもったいないー！　と私は思います。

なんとなく和歌ってこういうもんでしょ、と雑に捉えるだけじゃなくて、萬葉集にしかない、深くて広い世界をちょっとでも見てほしい。だってそこには和歌が少しずつ生み出されてゆく過程があって、そして現代の私たちにも通じるような感覚が詠まれているから。

平安時代のようなルールのはっきり決まっていた時代よりも、奈良時代のようなルールを作ってゆく時代のほうがむしろ現代の私たちにとって身近かもしれない。現代みたいな、「私たちのルールをどう作っていこう？」って皆が問いかけている時代に、萬葉集はむしろフィットするんじゃないのか、と。逆説的ですが、奈良時代の歌を、いまこそ読む意味があるんじゃないか。

私はほんとうにそう思っています。

と、いうわけで、一緒に奈良時代の和歌を、もぐもぐ食べるように解釈して読んでみましょ。さ、レジへこの本を持ってゆきましょう（強引）。

きらきら光る宝石を掘りおこして

ふたほがみ悪(あ)しけ人なりあたゆまひ我がする時に防人(さきもり)に差す

(巻二〇・四三八二)

「ほんとうに悪いやつだよ、急病人の俺を九州に転勤って（決めやがって）……」。つまりは、九州に行かねばならない「防人」の役職に、自分が急病して休んでいる間に決められてた！　いやなやつ！　という歌。（※「あたゆまひ」が何を指すかはっきりとわかってはいません。急病人って意味じゃや？　と言われているのでそう訳しときます）。

萬葉集にはしばしば仕事や生活の愚痴も歌になっておさめられています。今回みたいに転勤の愚痴を言うこともあるし。働きすぎて家に帰れないことを嘆く歌もあります（転勤って、萬葉集の時代からサラリーマンの永遠のテーマだったんですね……)。

この本では、ほかにも、不倫の和歌や、失恋の和歌、ごはんの和歌、親しい人との別れに際しての和歌、はてはダジャレや下ネタの和歌にいたるまで、萬葉集の多様な世界について語りました。

私は大学院で萬葉集を研究してたんですけど、萬葉集がもともと特別好きだったわけじゃなくて。大学ではじめて萬葉集の特異さ、というか「変さ」に気がついたんです。さきほど言ったように、百人一首が作られた時代の和歌と、萬葉集の時代の和歌はちがう。萬葉集って面白いなーなんか変だなー、と思うようになったんですよ。

そしてものすごく感じたのが、「萬葉集、めっちゃ妄想はかどるやん」ということ。千三百年前なんて遠い昔かと思いきや、そこで描かれているのは、私たちと同じ感情で動く人たちの文芸。

読んでるうちに、どんどん、こんな感情で詠んだ歌かな、こんな背景で詠んだ歌かな、と妄想が膨らんでくる。

だって考えてみれば、和歌を詠んだ奈良時代の人々も、当たり前ですが和歌を詠むだけで生活してたわけじゃなかったんですよ。仕事してごはんたべて恋をして寝て、そして和歌を詠んでいた。むしろ和歌は生活の慰みで、大半の人生においては、泣いたり笑ったり、和歌を詠んでいない時間のほうが多かった。

そんななかで詠まれた和歌は、私たちが生きる人生そのものみたいに、多様な感情と表現が詰まっているんです。読めば、そこに詰まってるものを取り出したくなって、妄想がはかどってしまうのも当たり前なんです、たぶん……。

そんなわけで、萬葉集について長々と語ってきましたが。そろそろ本編に入りましょう。奈良時代から繰り下がること千三百年。最近はしばしば「やっぱり他人の価値観を認めて、多様性を受け入れることって大切」って聞くことが増えたように感じます。もはや萬葉集の時代と同じような状況になっている（かもしれない）。

だけど言うは易く行うは難し、多様性を認めるって聞き心地はいいけど、実際に行動するのはむずかしい。

ならば奈良時代の人たちが見ていた多様性、萬葉集のひとびとの生き様、見てみようじゃないですか！　というお誘いを私は投げかけたい。

この本では、私がまずあなたに読んでほしいと思った歌たちと、私の趣味でつけた「関西弁」のおおざっぱな現代語訳、妄想とツッコミを入れた解説を載せています。

現代の私たちができないことでも、奈良時代の人たちなら、さらっとできてることもある。逆に、変わらないなーって苦笑することもある。妄想膨らむ箇所があれば、おいおいそれはないやろとツッコミを入れたくなる箇所もある。

私たちのいまをつくる地面の下、ずっとずっと深いところにいる彼らの読んだ、詠んだ歌を、掘り起こして読んでみましょ。きっと手に入れられるものが、そこには埋まっているはず。

目次

第四章　表現は萬葉歌人に学んでみよう

第五章　大切なことはすべて萬葉集にある

第一章

これでいいのか!?

萬葉集

お母さんは心配性

大伴坂上郎女（おおとものさかのうえのいらつめ）作

今回の歌

速川（はやかは）の瀬に居る（ゐる）鳥のよしをなみ思ひてありし我（あ）が子はもあはれ

（巻四・七六一）

現代語訳

早川の川瀬に立つ鳥みたいに、
足を取られそうな我が子が心配や

萬葉集には、様々なテーマの歌がある。恋愛や仕事のことを詠んだ歌もあれば、天皇讃歌の歌もある。その中でもとくに私たち現代人に近い感覚を詠んだ歌といえば、「家族」の歌だ。

たとえば、今回の歌に入る前に、こちらの歌。

言問(こと と)はぬ木すら妹(いも)と兄(せ)ありといふをただ独り子にあるが苦しさ

（巻六・一〇〇七）

喋らない木ですら兄妹がいるのに。
一人っ子でいる苦しさったら

一人っ子の寂しさを詠んでいるのだけど……現代の一人っ子のつぶやきであっても違和感がないほど、普遍的な感情だなぁ、と私は思う。

今回ご紹介する歌は、ある母から娘に贈られた和歌。大伴坂上郎女という歌人が、娘の坂上大嬢(さかのうえのおおいらつめ)に贈った歌なのだ。

ちょっと説明すると、大伴坂上郎女は、萬葉集に登場する女性歌人のなかでいちばん多くの歌が掲載されている歌人。あとは萬葉集編纂者かと言われている大伴家持の育ての母なのでは？ という説もある。

ちなみに大伴旅人の異母妹であり、大伴家持の叔母（旅人と家持って誰やねん、と思うそこのあなた。あとで紹介するから待っててねー）。この家系図だけ見ても、萬葉集の代表的な歌人の中心にいたことは容易に想像がつくだろう。

ま〜しかし彼女は家系図が示す通り、がっつり歌のうまい人。どどんと座る、和歌史のおかーちゃんのような存在と言ったらいいのか。

どんな人だったかは後ほどたっぷり語るけれど、彼女が詠んだ恋の歌も、家族の歌も、いろんな歌が萬葉集には掲載されている。

そんななかで、娘に贈った歌が今回の和歌。

ちなみにこのときは「大伴坂上郎女、竹田の庄より女子大嬢に贈る歌二首」という題詞つきで、二首載っている（※歌の右側についている、歌についての注釈や説明の

ことを「題詞」と言います）。一方は今回の歌、もう一方は、

うち渡す竹田の原に鳴く鶴（たづ）の間なく時なし我が恋ふらくは

（巻四・七六〇）

広い竹田の原っぱに鳴く鶴みたいや。
ずっとうちはあなたを想うわ

という歌。

竹田という土地は、今で言う奈良県の橿原（かしはら）市のあたりで、大伴氏の荘園があったところ。

一首めで、「今私がいる竹田の荘園でずっと鳴いている鶴みたいに、首を長くして、私はずっとあなたのことを想っているのよ」とお母さんらしい手紙を贈ったあと、もう一度鳥を持ち出して、「鳥が川の瀬で足を取られそうになっているみたいに、ふらふらっとしてそうなあなたが、なんだか心配だわ～」と言う。

お母さんは心配性。

というと某『りぼん』の漫画を思い出すけれど（※『お父さんは心配性』岡田あーみん、集英社）。

ねえ、めちゃくちゃ普遍的な母の手紙だと思いません⁉

このまま現代の、大学進学で実家を離れた娘に母が送るＬＩＮＥにしても、ぜんぜん違和感が、ない。

いつの時代も母は心配性。だって愛しているから。だから心配なのよ、と。母からすれば、みんな娘はふらふらしているように見えるんでしょうね。

こうして歌を読んで、ふっと歌集から顔をあげると……奈良時代、つまりは千三百年前の母娘のやりとりが、歌集に掲載されて私たちに届けられているのも、なんだか不思議な感じがする。

「家族」の距離感や感情というのは、時代や風習が変わっても、いちばん変わらないものなのかもしれない。

とくに親子のなかに生まれる感情は、千三百年前と今で、社会のシステムは変わっているはずなのに、あまり違いが見えない。と、萬葉集を読んでいたら、思う。親密な関係は時代を超えてもあまり変わらない。

不思議なもんである。何もかも違うのに、家族の感情は変わらないんだとしたら、ちょっと人間の進歩のなさに苦笑してしまう。なんのための進歩だ、と笑ってしまいそうになる。

キラキラネームに悠久の歴史あり

今回の歌

たらちねの母が養（か）ふ蚕（こ）の繭隠（まよごも）り
いぶせくもあるか妹（いも）に逢はずして
（巻一二・二九九一）

現代語訳

母ちゃんの飼う蚕（かいこ）が
繭（まゆ）にこもるみたいや。
塞ぎこむわ、きみと会えへんから

母ブロックゆえに
彼女に会えない青年

「あれ、もしかして萬葉集ってそんなに難しい本じゃないやつ？　意外と簡単に読めるのでは⁉」

そう思って、萬葉集の、訳されているものじゃなく、気合いをいれて原文を手にとって、さあ読むぞ、と意気込んだとき。

愕然とするのが……、萬葉集が、漢字ばかりで書かれていて、めっちゃ難しそうなこと。

えっ、読めない。

はい、あなたは昔の私ですか⁉　そうなんです、読みづらいんですよ萬葉集の原文。

なぜなら漢字ばかりなので。

たとえば、これを見てほしい。

あかねさす紫野行き標野行き野守は見ずや君が袖振る

（巻一・二〇）

「あ、なんか聞いたことある和歌だ」と思ったあなたは、おそらく古典の授業を真面目に受けていた方だろう……。これは萬葉集のなかでもとくに有名な歌で、だいたい古典の授業に登場するから。

さてこの歌についての解説は後ほどする予定だから、詳しくは語らないのだけど（ぜひ詳しく語った96ページを読んでね）。見てほしいのは、こちら。


茜草指武良前野逝標野行野守者不見哉君之袖布流

はいこれが、原文！　萬葉集に載ってる「あかねさす～」の歌は、こっちが本当なんである。

よ、読めない、と困惑されるだろうか。たとえば最初の「茜草指」は、「あかねさす」。茜草＝あかね、指す＝さす。次の「武良前野逝」は「武」＝「む」、「良」＝「ら」、「前」＝「さき」、「野」＝「の」、「逝」＝「ゆき」。ほら、ちょっと読めるような気がしてきません？

こういう表記のことを「萬葉仮名」といったりするのだけど、萬葉集の時代には、まだひらがなすら発明されていなかった。公的文書で使われるのは漢字。だから和歌も、漢字で綴られた。漢字を使って日本語を綴る、というアクロバティックなことをやってのけていた（もちろんアクロバティックに見えるのは現代の私たちだからであって、昔の人にとっては普通のことなんだけども）。

私たちが今、まず萬葉集を読もうと思ったら、この漢字で書かれた状態の和歌を、ひらがなとして読みなおさなければならない。しかしさすがに研究者でもない人にそんなことを要請するのは心苦しい、というわけで、ほとんどの一般書や国語の教科書には、ひらがなに直したバージョンが載っている。

でも漢字で書かれた萬葉集は、いまだに「なんて読むのこれ」と研究者ですら当惑している事例が多々ある。萬葉集を研究する人々は、日々「この歌のこの箇所は、こう読むのでは!?」という発見と考察を繰り返し、論文を世に送り出しているわけなのだ。そのおかげで私たちはこうやって千三百年前に漢字で書かれた和歌を読むことができてるんだから、うん、ありがたいことですほんとに。

さて漢字でひらがなを表す、というと、現代でわかりやすいのが「名前」。

たとえば私は「三宅香帆」と書いて「みやけかほ」と読ませるのだけど、「宅」に「やけ」という読み方はない。だけど「三宅」と書けば「みやけ」と読むことができる。なぜって、そういうふうに決まっているから。「香帆」も「かおりほ」と読むことができるけど、なんとなく「かほ」であることは察しがつく（と思う）。こんな感じで、萬葉集の時代も、漢字をひらがなの読み方で読んでいた。

　すると面白いのが、俗にいう「キラキラネーム」的な手法が登場することだ。

　キラキラネームってなに？　と首を傾げる方もいらっしゃるかもしれない。たとえば、「泡姫」と書いて「ありえる」ちゃん、「宝冠」と書いて「てぃあら」ちゃん、といった名前を一般にキラキラネームと呼ぶ（どちらもインターネットでキラキラネームと検索したら出てきたのだけど、ものすごく可愛い名前でうらやましい）。漢字の一般的な使い方じゃないけど、漢字から派生した意味や語彙から読み方を決定する手法。それがキラキラネーム。

　私個人としてはキラキラネーム、親御さんの気合が見えて素敵だなーと思うのだけど、ここで言いたいのはそういうことじゃなくて、萬葉集にも「キラキラネーム」的発想が存在していた！　って話だ。

　こちらを見てほしい。

若草の　新手枕を　まきそめて　夜をや隔てむ　二八十一あらなくに
（巻一一・二五四二）

（若草乃　新手枕乎　巻始而　夜哉将間　二八十一不在國）


はい、この傍線部のところをご覧ください。これ、何て読むか、わかります？

「二八十一」。たぶん五・七・五・七・七のリズムで、「あらなくに」で五音使っちゃってるから、二音か三音くらい。にひゃくはちじゅういち、じゃオーバーしちゃう。

正解はこちらだ。

若草の　新手枕を　まきそめて　夜をや隔てむ　憎くあらなくに

「にくく」！　なぜ「二八十一」を「にくく」と読むかといえば……小学校の頃に習ったアレを、思い出してほしい。

ほら、アレ。九九だ。

八十一＝九九＝くく。

「二」＝「に」、「八十一」＝「くく」。

……だじゃれかよ!!　とツッコミたくなる。

萬葉集、こういうことするんだよな。だじゃれ大好き萬葉集。こういう、普通とはちがった漢字をあてて読ませることを、「戯書（ぎしょ）」って言ったりする。たわむれは遊びってことですね。

ほかにもこんな読み方がある。「八十一里喚鶏」と書く言葉（巻一三・三三三〇）。どう読むのかといえば「くくりつつ」（括りつつ）。

「八十一」＝「くく」、「里」＝「り」、「喚鶏」＝「鳥を呼ぶ声」から「ツツ」である。鳥を呼ぶとき、ツツツ……って言うでしょ。あれだよ。完全に漢字で遊んどるやんけ。ツツツ、だからつつつって読ませよー、と。

ってなわけで、萬葉集の漢字と読みの関係を見ると、ちょっと発想がキラキラネーム的なこと、わかっていただけるだろうか。

だって「泡姫」を「ありえる」と読ませるのは、「泡に溶けていった姫＝人魚姫＝アリエル」という文脈が私たちにわかるからだ。

それと同じで、当時の人に「鳥を呼ぶ声はツツだな」って共通理解があったからこそ、こういう変わった読みを与えることができた。

文字というのは、私たちにとっては変わらない、普遍のもののように思えるけれど、ところがどっこい時代の共通理解によって遊びの余白も増える。

そして最後に紹介する漢字遊びはこちら。

垂乳根之　母我養蚕乃　眉隠　馬声蜂音石花蜘蟵荒鹿　異母二不相而
（巻一二・二九九一）

はい、傍線部、わかるかな〜。ってこれは今回の歌。「いぶせくもあるか」と読む。

馬の声＝イ（今は「ヒヒーン」が王道だけど、この時代はハ行音がちょっと今とはちがったのでイ、と読ませている）。蜂の音＝ブ。「石花」＝「カメノテ」という甲殻類動物の古名のセ。蜘蟵＝蜘蛛＝クモ。荒＝アル、鹿＝カ。

ぜ、ぜんぶ動物関係の漢字‼　遊んでるとしか思えない。萬葉集、おちゃめだよねほんとに！

ちなみに歌は「たらちねの母が養ふ蚕の繭隠り　いぶせくもあるか妹に逢はずして」。

意味は「お母さんが飼ってる蚕が繭にこもるみたいに、あなたが部屋にこもってるように見える。私はあなたに会えなくてさみしい、切ない……」といったもの。つまりは、母が娘にブロックをかけているがゆえに、彼氏が会いにいけないよ〜と嘆く歌。母親に隠されている娘のことを、「繭ごもり」と表現した歌になっている。

「いぶせくもあるか」は「気分がふさぎこんでしまう」という意味で、「妹」はこの時代の男性から女性への二人称（つまり「あなた」という意味）。

あなたと会えないから、ふさぎこんでしまう。なぜならお母さんが蚕を飼っているみたいに、会わせてくれないから……。当時、「通い婚」つまりは男性が女性の家へ通って結婚生活を送るのが普通だった。そんな時代、きっと現代以上に「女性の家族の反応」が恋路に影響を与えたのだろう。お母さんのお許しが出ないのに、会いに来るほど強引な男性はなかなかいないだろうし……。「いぶせく」なってしまうのも仕方ない。

前項でも娘を心配する母のＬＩＮＥ……じゃなかった、和歌がありましたが。いつの時代も、やっぱりお母さんは娘を心配し、守りたくなる生き物なのだ。彼氏がちょっとばかり困るのも仕方ない。表記が、すべて生き物になっているのも、基本は遊びなんだろうけれど……動物全体にあまねく真理を詠んだから、なのかもしれない。まあ、萬葉集の時代の人はそんなこと考えてないだろうけど、なかなか楽しい偶然だ。

ナンパから始まることもある

雄略(ゆうりゃく)天皇　作

今回の歌

籠(こ)もよ　み籠(こ)持ち　掘串(ふくし)もよ　み掘串(ぶくし)持ち　この丘に　菜摘(なつ)ます児(こ)　家聞か
な　名告(の)らさね　そらみつ　大和の国は　おしなべて　われこそ居(を)れ　しき
なべて　われこそ座(いま)せ　われこそは　告らめ　家をも名をも

（巻一・一）

現代語訳

なあなあ、そこの籠(かご)とスコップを持ってはる彼女！　俺の丘で草摘んではる
彼女に聞いとんのや！　自分、家はどこにあるん？　名前なんていうん？
いやー、このすんごい大和の国を治めとんの俺やで。隅々まで俺が治めてる
んやで。まあ俺が先に名乗ろか、住所も名前も。

これが記念すべき萬葉集の一番最初の歌。全二十巻、四五一六首もある歌たちの、いっちばん最初の歌だ。ファンファーレでも鳴りそうなテンションの高い歌である。

……が、歌を読んだだけでは、どこがどうテンション高いのか、わからないかもしれない。

でも難しく考える必要はまったくない。だってこの歌、言ってしまえば、ナンパの歌だ。そう、作者（とされる。実際につくったかどうかは横に置いておいて）の雄略天皇が、野原で菜を摘む女の子をナンパしている歌なんである。

当時は、名前を問われる＝求婚された！　という図式がばっちり適用される時代。女性はオッケーしたくても「一度は拒否する」というのが慣習だったらしい。お約束ってやつですね。

つまり、たぶんこの歌のなかでも、最初の「家はどこなの、名はなあに？」あたりまではやわらか〜く求婚している。だけどそれに対して、女の子はおそらく口をつぐんだ（そういう風習なんだもの）。すると天皇はうってかわって、「俺はなー！　この大和の国をなー！　ぜんぶ治めとんやでー！」と勢いを変える。そして、そのすえに

「いやもう俺が先に名乗ったんでー！」と豪語する。

そのすえに、ふたりはゴールイン。めでたし、めでたし。……という、天皇とその土地の娘の結婚を詠んだ歌が、萬葉集という歌集のはじまりの歌だった。

ナンパの歌なんだけど、天皇の婚姻、という題材を見るに、これからつづく天皇の時代やこの国の未来に対する、寿ぎの歌（祝福する歌）だったことがわかる。


ちょっとだけ歴史のお話をしてみると、萬葉集のもっとも古い時代は、舒明天皇（在位六二九～六四一年）の時代あたりだ。だけど今回みたいに、仁徳天皇～推古天皇（五世紀～七世紀初め）の時代の歌も、少しばかり収録されている。雄略天皇は五世紀後半に即位したので、だいぶ昔の人、という印象。

ちなみに今回紹介したのは二十巻中巻一の巻頭歌だけど、巻二の巻頭歌も、磐姫皇后という仁徳天皇の奥さんの歌になっている。これがまたなかなか磐姫皇后も嫉妬深いおねーさんで、詠む歌は面白いのだけど、説明するとちょっと長くなるので省略。

で、面白いのが、ここまで昔の時代の人物ともなると、奈良時代後半（つまり実際に萬葉集を編纂した人々がいたであろう時代）においては「この天皇はこんな人物だった」というイメージができてくること。

たとえば雄略天皇といえば、男らしくて、猛々しい男性のイメージ。今回の歌も、男性がどーんと貫禄を持って詠んでいるような歌になっているのだ。

ぶっちゃけ、この歌も、雄略天皇が実際に作った歌である可能性はわりと低い。雄略天皇が作った歌を萬葉集に載せた……というよりは、雄略天皇が詠んだとされる伝説の歌を載せた、という可能性のほうが高い。伝説の人物の歌、っていかにも歴史のなかで誰かが創作しそうな話でしょう。おそらく、どこかで作られた歌が、雄略天皇という「男らしいキャラ」にぴったりだったからあてがわれたんだろう、と考えられるのだ。

意外と萬葉集には、こういった「本人が作ったんだか、作ってないんだかよくわからない歌」が多い。でもそれが可能なのは、雄略天皇のイメージが当時みんなに共有されていたからなのだ。

さて背景知識の話はここまでにしておいて、歌をちゃんと読んでみると、意外に難しい……というか研究者泣かせな歌なのだ。なぜなら、なかなか「読み方」が確定しないから。

たとえば最初の句。萬葉集の原文には「籠毛與美籠母乳」と綴られている。でもこれだけじゃ日本語としてふつーは読めない！

今回、本書では「籠（こ）もよ　み籠（こ）持ち」と読んだ。これが今の一般的な解釈だし。だけどこう読むようになったのは、ごく最近になってから。ねえびっくりしません？　千三百年間読まれてきたのに、こんなに読み方すら定まっていない、って。

平安時代につくられた萬葉集の写本では、「こけよ（み）ろもち」とふりがなが振られていた（「毛」を「け」と読みたくなるセンス、共感したい）。

あるいは江戸時代の国学研究者である賀茂真淵（かものまぶち）は「かたまもよ　みがたまもち」（『万葉考』）と無理やり読んだ。やはり苦労したんだなァとわかる。うーん、平安時代や江戸時代のすごく賢い研究者ですら萬葉集の巻頭歌の「読み」を特定することは困難だったわけである。

だけど今、こうして、「だいたいこのあたりの意味かな～」とぼんやりわかっているのは、萬葉集研究の成果が積もりに積もっているからだ。

今この本で紹介していたとしても、もしかしたら新しい発見があって、明日には別の解釈が生まれているのかもしれない。

でもそれが面白いんである。むかーしむかしに書かれたものなのに、そこに新たな発見があって、また研究が進んでゆく。そして現代に帰ってくる。むかしの人の解釈に近づいたりもする。

萬葉集に内包された、さまざまな可能性とつややかな魅力が詰まっているのが、この巻頭歌なんだよ……って言うのはかっこつけすぎだろうか。

きつねが来たら、鍋にしよう

長忌寸意吉麿（ながのいみきおきまろ）作

今回の歌

さし鍋に湯沸かせ子ども櫟津（いちひつ）の檜橋（ひばし）より来（こ）む狐に浴（あ）むさむ

右の一首は伝へて云はく「一時に衆（もろもろ）集（つど）ひて宴飲（うたげ）しき。時に夜漏三更（やろうさんかう）にして、狐の声聞ゆ。すなはち衆諸興磨（しゅうしょおきまろ）を誘ひて曰はく『この饌具（せんぐ）、雑器（ぞふき）、狐の声、河、橋等の物に関（か）けて、ただ歌を作れ』といひき。すなはち声に応へてこの歌を作りき」といふ。

（巻一六・三八二四）

鍋に湯を沸かせてくれや、きみら。櫟津（いちひつ）の檜橋（ひばし）からコン（来ん）狐を、鍋で煮ようや！

右の一首は、伝え聞いたところによると、「あるとき、たくさんの人が集まって宴会をひらいた。真夜中に狐の声が聞こえた。皆が興麿に『調理器具や家具、狐の声、川、橋なんかのものについて、ちょっと歌を作ってみてよ』と言った。その言葉にこたえて、興麿はすぐにこの歌を作った」という事情があった。

も昔も、その場でちょっと気のきいたことが言える人は、人気者になる。

「うまいっ」と返したくなる、「ざぶとん一枚〜」だなんて言いたくなることを、宴会でさらりと言える人は、みんなから重宝される。

ほら、重宝されたすえに、長忌寸意吉麿なんて、千三百年後にまで残ってしまったじゃないかっ。

はい、そんなわけでいろんな歌が載っている萬葉集。

今回なんて、ひどい。どんな歌かといえば、「ほーらやってくる狐を鍋で煮るぞー！みんな、お湯沸かせー！」と言ってる和歌である。こんな題材、和歌になるのかとツッコみたい。

狐を煮るなんてひどい、狐かわいいのに！

……と、言いたくなるけれど、実際に狐を煮るためのお湯を沸かしたいと思って、彼（興麿）はこの歌を詠んだわけではない。誤解。彼（興麿）のために解説したい。

この歌は、左側にある注に書かれている通り、（こういう注を、一般に「左注」と呼んでいる。読み方は「さちゅう」）「宴会で『ねえ興麿、ちょっとこんな歌をひとつ詠んでみてよー！』とみんなに言われて」詠んだ歌である。

どんな歌かといえば、「ここにある食器やら調理器具やら狐やらを、歌のなかに詠み込む」というのがオーダーの歌。見てみると、

・さし鍋（つぎ口と柄（え）のある鍋のこと。要はお鍋）
↓鍋だから「調理器具」クリア。
・櫟津（いちひつ。狐が渡った橋のある土地のこと。今で言うと大和郡山市から天理市のあたりにあったとされる（『万葉代匠記』にそう書いてある）実在の土地名です）
↓ひつ＝櫃＝衣装や財貨をおさめるタンスみたいなもの。よって「家具」クリア。
・檜橋（ひばし。川にかける、檜でつくった頑丈な橋）
↓「河」「橋」クリア。
・来む（こん、と読みます。古典の文章だと文末の「む」は「ん」って読むこと、思い出しました？　助動詞ってやつですね）

→狐の鳴き声「コン」で、「狐の声」クリア。

おお、ちゃんとぜんぶ入れて詠んでる！　すごい興麿。

しかも今回ちょっと面白いのが、立派な橋を、狐がこんこんと鳴きながらやって来てること。なんか狐にしてはちょっとえらそうじゃないか。ほーら、熱湯をぶっかけてやろ……と、宴会の場であれば笑ってしまうような歌に仕上がっている。

歌の意味も面白いし、ちゃんとオーダーすべてクリアしている。お上手。

ざぶとん一枚、と言いたくなるのである。


こんなふうに、萬葉集の時代、だじゃれを使って歌で遊ぶことはよくあった。宴会で歌を詠む、という風習があったからか、他人を笑わせようとする意図が見える和歌がたくさん萬葉集には載っている。

ちなみにこんなだじゃれもある。


大君は神にしませば天雲(あまくも)の雷の上に廬(いほ)らせるかも

（巻三・二三五）

天皇は神でいらっしゃるから、
天雲の雷の上に宮をつくってらっしゃるんですね

　これ、天皇の仮小屋が「雷丘（かみおか）」にあることから詠んだ歌なのだけど、「雷＝かみなり」と「上＝かみ」と「神＝かみ」を重ねて歌にしている。雷の上、つまりめっちゃ上にいらっしゃるのは神である天皇ですね？　と。……完全に、しゃれである。こんな話題でだじゃれを言っていいんだろうか、と驚いてしまうけど！

　今でも位の高い人のことは「おかみ」と呼ぶし、髪もいちばんてっぺんにあるから「かみ」。語源はおそらく同じところにある。

　千三百年前のこんな遊びが今に残ってる日本って平和だったんだなー、としみじみ思う。いまの私たちの言葉遊び、いや、だじゃれも後世に残るだろうか。インターネットのアーカイブとかあったら残る気がするな。

　あなたも私も、ＳＮＳではこころして言葉遊びをしなくちゃいけませんね。

萬葉人のおふざけ その① 赤っ鼻

今回の歌

大神朝臣奥守（おほみわのあそみおきもり）が報（こた）へ嗤（わら）ふ歌一首

仏造るま朱（そほ）足らずは
水溜まる池田の朝臣（あそ）が
鼻の上を掘れ

（巻一六・三八四一）

現代語訳

仏に塗る赤色が足りないときは、
池田さんの鼻の上を掘ってな！

池田朝臣（いけだのあそみ） 作

これから紹介するのは、ダジャレで詠まれた「暴言」の歌たちだ。悪口、おふざけ、オンパレード。笑いながら読んでほしい。

まず今回の歌は、左の歌の返事として詠まれたものである。

池田朝臣、大神朝臣奥守を嗤ふ歌一首［池田朝臣が名は忘れ失せたり］
寺々の女餓鬼（めがき）申さく大神の男餓鬼（をがき）賜（たば）りてその子孕（はら）まむ

（巻一六・三八四〇）


寺々の女餓鬼が言ってるで。

大神の男餓鬼の子どもを産みたいんや、って

はい、一体なんの話かおわかりだろーか。

池田の朝臣さんと大神の朝臣さんが、お互いの体について笑い合う言葉を、和歌にしているのである。

体型いじり、あるいは見た目いじり。

一方的にいじられていたり、揶揄(やゆ)されていたりするのを見るのは、あんまり楽しくないけど（どうしてもいじってるほうがいじわるに見えちゃうよ！）、お互いに、対等にいじってるのを見るのは、素直に笑える。というか、安心感がある。

萬葉集にはたくさん「贈歌」というものが収録されている。あるふたりのやりとりの和歌。「池田さんがこんな和歌を贈ったよ！」それに対して、「大神さんがこんな和歌を返したよ！」と、そのまま和歌を載せてくれるのである。

今でいえば、ツイッターのタイムラインに、個々人のつぶやきも載っているけれど、それと一緒に、会話のやりとりも載っているのと同じ……だろうか。恋人同士、友人同士、仕事の同僚など、いろんな和歌のやりとりを見られるのは、萬葉集を読む愉しさのひとつだ。

ねえだって考えてみれば、千三百年前の人々の会話が読めるんですよ!? 私たちの現代でのＬＩＮＥ履歴を、千三百年後の人が読むようなもんだ。そりゃちょっとは読むための知識はいるけど、絶対楽しいでしょ。

今回ご紹介するのが、「池田朝臣」さんと「大神朝臣奥守」さんのやりとり。

ちなみに左注（覚えてますか？　歌の左に載ってる、歌が詠まれた事情、あらすじや解説みたいなとこですよ）は「実はこんな背景があって詠まれた歌なんだよ〜」と長めに説明するのに対して、題詞（※歌の手前、右側に載っている、和歌についての説明のことでしたね？）は「この人が詠みました」とだけシンプルに書いてあることが多い。

題詞に続いて、「［池田朝臣が名は忘れ失せたり］（訳：池田朝臣の名前は忘れちゃったよ！）」と、いささか「てへぺろ」とでも言いたげな注がついているのは、「大神朝臣奥守」に対して「池田朝臣」としか書かれていないことへのフォローだ。

で、歌に入ると、大神朝臣はおそらく痩せた男だった。池田朝臣はそんな大神朝臣の体型をからかって、お寺の「餓鬼」からあなたはモテるよ〜と言った。貪欲の戒めとして置かれていた餓鬼はやせこけた像だからね！

それに対して返したのが、赤っ鼻の池田朝臣に対して「仏像に塗る赤色は、池田さんの鼻からとっておいで〜」という歌。

おそらく鼻を朱色の絵の具をのせたパレットとして見立てているんだろう。ちょっと笑えてしまう。

これ、単に赤い鼻をからかった歌でもあるのだけど、たとえば、前の歌が「寺」の女餓鬼の歌だったから、返歌にはちゃんと「仏」を入れる、とか。「池田」という名前に対して「水溜まる」という枕詞（まくらことば）を持ってきたり、とか。そんな工夫がさらりと凝らされている。

からかわれても、その一方で、うまいこと言うやん、と笑ってしまいそうになる池田さんの顔が見えるってなもんである。

こんなふうに、お互いを笑い合う、仲のよさが見えるような歌が萬葉集にはたくさん収録されている。「笑い」が文学作品として後世に残るのってすごく貴重だと私は思う。

ちなみに有名なところだと『源氏物語』の末摘花（すえつむはな）といい、昔の人にとって「赤い鼻」は大いなるコンプレックスだった。そういえば今ってあんまり鼻が赤いことがコンプレックスな人って聞かない。

こういう例を見ていると、コレがいいみたいな基準も時代とともに変わるもんだろうな、とつくづく思う。

ダイエットしたがるおじょーさん方も、平安時代に行けば気持ちも変わるのだろう……今の時代の価値観にあんまり執着しないために読む古典、アリかもしれない（って私も平安時代に行きたい、丸顔だから顎が細いブーム全盛の現代より、絶対平安時代のほうがモテるはずだ〜）。

萬葉人のおふざけ
その② わき毛

平群朝臣 作

今回の歌

平群朝臣が嗤ふ歌一首
童ども草はな刈りそ八穂蓼を穂積の朝臣が腋草を刈れ

（巻一六・三八四二）

現代語訳

こどもたち、草は刈りなや。
刈るなら、穂積さんの脇草を刈るんやで

前項から引き続いて、今回のテーマはこちらである。

「脇の毛」。

どんなテーマやねん、とツッコミを受けそうだけれども。ちゃんと萬葉集に載ってるから安心してほしい。今回の歌は、子どもに「草を刈るなら穂積さんの脇毛を刈りや～」と呼びかける歌。まあ穂積さんは脇に毛がたくさん生えているんだろうか、彼の脇を「脇草」と呼んでいる平群さん……。からかっているとしか思えねえ。ちなみに、題詞にはちゃんと「平群朝臣が嗤ふ歌一首」って書かれてある。笑って詠んだ歌、つまりはこちらも相手をいじろうとして贈った歌になっている。

一見わかりやすい歌なんだけど、よくわからない箇所があるとすれば、三句目と四句目の「八穂蓼を　穂積の朝臣が」の部分。この「八穂蓼を」は現代語に訳していない。なぜかといえば、「八穂蓼を」は、枕詞（まくらことば）だから。

枕詞。聞いたことがあるかしら。ある語句の前に、形式的にくっつける慣用表現のこと。たとえば「あかねさす」の枕詞は「紫」にくっつく、と決まってる。「ぬばたまの」は「黒」にくっつく。そうやって調子を整えるため、あるいは歌の雰囲気をつくるためにあるので、基本的にはきちんとした意味がある言葉じゃない。だから現代語訳すると「～ではないが」みたいな、ヘンな訳になっちゃう。

まあほら、現代のJ-POPだって、歌詞の調子を整えるために、あんまり意味のない言葉を付け加えることがあるじゃないですか。枕詞も、似たような感じです。

今回も「八穂蓼を」が「穂積」の枕詞になっている。「八穂蓼」というのは、摘んでも摘んでも次々と穂を出す蓼(たで)のこと。蓼って、「蓼食う虫も好き好き」の蓼(植物の名前)ですよ。食べるとめっちゃ辛いらしい。

「穂積」の、「穂を摘む」という音との類似から、「八穂蓼の穂を摘む、じゃないけれど、穂積さんは……」というふうに、調子を整えるために使われている。わかりづらいから現代語訳には入れなかったのだった。脇毛に関係ないしね!

さて、今回の歌に対する返歌は、さきほどのページで紹介した三八四二番の「赤い鼻」の歌に似ている。ちょっとこちらもご紹介しよう(ちなみに歌につけられたこうした番号を「歌番号」と言いまして、一首ずつふられている。萬葉集って四五一六首もあるもんだから、どの歌のことを指しているのかわかりづらいんである。だいたいの萬葉集関連書はこの歌番号に沿っているので、この本で知った歌をほかの本でも読んでみたいと思う場合は、歌番号を参考にしてみてくださいな)。

穂積朝臣が和ふる歌一首

いづくにぞま朱掘る岡薦畳 平群の朝臣が鼻の上を掘れ

（巻一六・三八四三）

赤土を掘る岡はどこにあるんやろ？
掘るなら、平群さんの鼻の上を掘ったらいいで！
（だってあんなに赤いんやからほぼ赤土やろ！）

草を刈るなら穂積さんの脇毛を刈れ〜と言ってきた平群さん。お返しに、岡を掘るなら平群さんの鼻を掘れ〜と言う穂積さん。赤土を掘るなら、赤い鼻も同じやろ！と返すこのセンス。ああ言えばこう言う、というか、やりとりとして面白いけれど、こんなに体型や顔のコンプレックスをいじっていいんかい！　とその仲のよさにツッコミを入れたくなる歌たちである。こんなふうに脇毛だの赤い鼻だので笑ったやりとりが千三百年後の我々に読まれるなんて、彼らは想像していたのかいったい……。

お酒に呑まれる教養人

今回の歌

あな醜賢しらをすと
酒飲まぬ人をよく見ば
猿にかも似る

（巻三・三四四）

現代語訳

あほかいな、賢いフリして
酒飲まん人を見ると、
猿に似てると思うで

大伴旅人 作

お酒を飲む人と、飲まない人。

今も昔もそこには大きな分断があり、「え、そんなに？」とちょっと苦笑しておののいてしまいそうな溝が広がっている。

飲み会でわーきゃーと楽しそうに騒いでいる人を横目で見ては、お酒を飲む人なんてバカみたい、と思う人がいる。

反対に、飲み会でまったくお酒を飲まない人を横目で見ては、あほらし、なんで飲まないほうが賢いみたいなポーズをとるんだ、と思う人もいるだろう。

そう、今回取り上げる歌みたいに。

今回の歌なんてきわめてシンプル、「お酒を飲まない人、サルに見える！」という歌……。悪口かよ。苦笑してしまうわ。

しかしお酒を飲む人の詠む歌は、これで終わらない。実は、まだまだある。

萬葉集には、なんと十三首もの「讃酒歌（さんしゅか）」が掲載されているのだ。

巻三という巻におさめられた「讃酒歌」は、歌群（歌たちのまとまり）の題詞に「大宰帥大伴卿（だざいのそちおほともきやう）の酒を讃（ほ）めし歌十三首」と書かれている。お酒を讃める歌たち、と書いて、讃酒歌。大宰帥大伴卿とは大伴旅人（当時、大宰府の長官だった）のこと。
しかしお酒を讃えるだけで十三首も歌が詠めるなんて、旅人、どんだけお酒が好きなんだ……とツッコむべきところ。というかむしろ、お酒が好きな人が萬葉集の時代から変わらず居続けることに感動する、というべきだろーか。
讃酒歌には、ほかにこんな歌がある。

価なき宝といふも一坏の濁れる酒にあにまさめやも　（巻三・三四五）

価値のしれない珍宝であっても、
一杯の濁酒に勝てることなんてないんやで

……宝よりも価値のあるお酒、宣言。

この世にし楽しくあらば来む世には虫に鳥にも我はなりなむ　（巻三・三四八）

この世で楽しくお酒を飲んで生きられるならば、
来世は虫や鳥にでもなろうかな

……お酒を飲むことが今世のいちばんの楽しみ、発言。

もだ居(を)りて賢(さか)しらするは酒飲みて酔ひ泣きするになほしかずけり（巻三・三五〇）

黙って賢そうにしているよりも、
酒を飲んで酔い泣きするほうがいいはずだ

……酔っぱらいが泣くこと、全肯定、宣言。

お酒の肯定しかしてねえ……！　どれも「お酒を飲まないでしらっと座っているよりも、お酒を飲んでばかになったほうがいいよ！」といった声が言外に聞こえそうな、某ジャニーズの「WAになっておどってみますか☆」といったノリに似たものを感じる歌たちだと思いませんか。

しかし。当時、お酒を飲むことをテーマにして詠むことは、当たり前かと聞かれれば、そうではない。

萬葉集中に「宴会で詠まれた歌」はすごく多いけれど、「お酒を飲むことそのものを詠んだ歌」は少ないのだ。


じゃあ、旅人はどうして十三首もの「お酒をテーマとした歌」を詠んだのか？

それを考えてみると、「漢詩からの影響」という萬葉集の大きな大きな裏テーマが見えてくる。お酒の話から急に壮大な話になるけれど、ちょっと解説してみよう。


漢詩、つまりは中国の詩。

萬葉集は奈良時代の歌集ですが、そこには多大なる漢詩の影響が横たわっている。というか、この時代は漢文という中国の文体が使われていたわけだから、自分たちよりも先を行ってる漢詩を無視することなんてできない。むしろ元来のフォーマットはあっちにある。

たとえば一昔前のアーティストが、みなさんビートルズの影響を多大に受けていたように。漢詩という「最先端の文芸」に学びながら、萬葉集の歌人は和歌を詠んでいた。

とくに大伴旅人をはじめとする、「大宰府にいた歌人」（ほかの有名な歌人には山上憶良がいる。ほら、「貧窮問答歌」って歴史か国語の教科書で習いませんでした？）は、漢詩をものすごくよく勉強していた。大宰府は九州だし、中国と地理的に近く、漢詩や漢文の本がたくさん入ってきたことがその理由のひとつらしい。外国文化の影響を受けやすい地域って今も昔もたしかにある。

で。たとえば漢詩のなかには、劉伶という人が作った「酒徳頌」（酒徳の頌）（『文選』四十七に所収）という詩がある。お酒の徳、つまりお酒ってすばらしい！　ということについて詠んだ詩になっている。頌ってのは、神様にささげるためにほめる詩のことね。

いったいどんな飲んべえが作者なのかと思うけれど。この作者、劉伶って人は「竹林の七賢」ってやつのひとりなのだ。

「竹林の七賢」とは何か。中国の魏・晋の時代、世俗の揉め事を避けて竹林の奥に集まった、七人の文人のこと。文人ってのは賢くて教養のある人々のことね。まあ世俗の政治などに構わず、山奥で自分たちの豊かな教養を耕すことに励んだ賢いひとたち……というイメージの人々だ。

その竹林にこもった七賢のうちのひとりが、「酒徳頌」の作者。

この「酒徳頌」、内容としては、みんなが酒が悪いって怒ることを「何言っちゃってんの」と笑う内容である。ほ、ほんとに「七賢」のメンバーなのか？　といぶかしくなるほど、お酒に対する肯定的な意見を詠った詩だ。

ちなみに劉伶は大酒飲みで奥さんが心配すると「オレは自分では断酒できねえ！　神様に断酒をお願いする！」と言いつつそのためにお酒を用意し、やっぱり酔っ払った……というエピソードが残ってるような人だったらしい。お酒ラブだったことは想像がつく。こんなふうに竹林の七賢ってイメージだけだと、悟りきったおじいさんたちのように思えるけれど、作った詩文を見ると「悟り……？」と首を傾げたくなるものも多いところが面白いところだ。

で、現代の我々からすると「ほんとに七賢なのか⁉」と言いたくなるお酒についての詩文も、萬葉集の人々にとってみればお手本とすべき文芸だった。だからこそこの「酒徳頌」、萬葉集の旅人が作った讃酒歌の内容にすこし似ているのだ。

讃酒歌のなかに、

いにしへの七(なな)の賢(さか)しき人たちも欲(ほ)りせしものは酒にしあるらし　（巻三・三四〇）

むかしの竹林の七賢でさえ欲したのは、酒だったんだよ

という歌がある。旅人が「酒徳頌」をふまえていた証拠となる歌だ。えらい人のお墨付きをもらったから、もうお酒ガンガン飲んでいいよね！　という発想。すごい。

今も昔も好きな人は好きなお酒たち。飲みすぎには注意してくださいね、ということで、おひとつどうぞ。

ときには蟹のふりをしてみる

蟹を不憫に思った人

今回の歌

おしてるや　難波(なには)の小江(をえ)に　廬(いほ)作り　隠(なま)りて居(を)る　葦蟹(あしがに)を　大君(おほきみ)召すと　何せむに　我を召すらめや　明(あき)らけく　我が知ることを　歌人(うたびと)と　我を召すらめや　笛吹きと　我を召すらめや　琴弾きと　我を召すらめや　かもかくも　命(みこと)受けむと　今日今日と　明日香に至り　置くとも　置勿(おくな)に至り　つかねども　都久野(つくの)に至り　東(ひむがし)の中の御門(みかど)ゆ　参り来て　命(みこと)受くれば　馬にこそ　ふもだしかくもの　牛にこそ　鼻縄著(は)くれ　あしひきの　この片山の　もむ楡(にれ)を　五百枝(いほえ)剝(は)ぎ垂れ　天照(あまて)るや　日の異(け)に干し　さひづるや　唐臼(からうす)に搗(つ)き　庭に立つ　手臼(てうす)に搗(つ)き　おしてるや　難波の小江の　初垂(はつたり)を　辛(から)く垂れ来て　陶人(すゑひと)の　作れる瓶(かめ)を　今日行きて　明日取り持ち来(き)　我が目らに　塩塗りたまひ　きたひはやすも　きたひはやすも

（巻一六・三八八六）

難波にある入江の葦の原っぱで静かに暮らす、私(蟹)を、大君さまがお呼びになった。

私なんかが大君さまのお役には立たへんやろ〜と落ち着いてても、ひょっとして歌人や笛吹き、琴弾きとか、ちゃんとしたお役目のために呼ばれたんやないやろか、と期待してまうわ。

いや現実にはそのどれでもないやろうけど、とりあえず呼ばれたから宮中に向かおうと、今日か明日かに飛鳥から置勿、都久野にやって来た。そして大君さまに会うべく、宮中に東の門のとこから入った。

大君さまに呼ばれたやつは、馬なら吊り縄、牛は鼻縄をかける。やけど蟹の自分は、紐でしばられた。そんで山からとった楡の皮を、五百枚ほど剝いて吊るされた。しかも毎日太陽の光を浴びさせられて、ひからびてから、臼でひかれた。そして瓶に詰められて、今日持ってきた入江のからーい塩たちが、私の目に塗られる。

って、結局、宮中に呼ばれた私は、乾物として食べられてしもたわ……。

この歌は、蟹に代わって心の痛みを詠んだ歌。

か、かわいそうっ！　「蟹の気持ちになって詠んだ歌」なわけで、萬葉集の歌人って意外とおちゃめ～。笑える歌です。

しかもこの歌には「蟹の痛み」を詠んだのだ、とはっきりと左注がついている。萬葉集の時代、つまりは奈良時代に人々は「いやーふだん何ともなく食べられてる蟹ってかわいそうだよね実は……」と思って歌を詠んでいたのだ。

内容を見ると、笑ってしまう。えらい人が、自分のことを呼んでくれたから、もしかしたら歌人とか笛吹きとか、いい役回りのために呼んだのかと思いきや、実際は干されて食べられてしまった……。そんな歌だ。


ちょっと解説すると、この歌は、萬葉集には「乞食者の歌」として掲載されている。「ほかいびと」と読むのだけど、縁起のよいことを招くために、歌ったり舞ったり祝言を述べたりして巡回する芸人たちのことだ。遊行芸人、というとわかりやすいかもしれない。

つまり、蟹の歌は、お祝いの席でいつも詠まれる歌だった。

「へ？　なんで？　こんな蟹が食べられるだけの歌が？」と思われるかもしれない。

でも実際に歌を見てみると、「今日今日と　明日香に至り　置くとも　置勿に至り……」と大君さまのもとへ辿り着くまでの道のりを歌っている。なんでこんな道のりのことをつらつら述べているかというと、これが「寿歌」という、祝言の歌の形式だからだ。ここまで来るのに、こんな道をはるばる辿ってやって来ましたよ、というのが、天皇への寿歌の形式だったのである。

とはいえ萬葉集の面白いところは、この「寿歌」の形式を使って、少し毛色の変わったもじり方をしているところ。つまりこの蟹の歌は、「一般的なお祝いの歌の形式を使いつつ、ちょっと変わった方向性から詠んで笑いも取り入れつつ、天皇への奉仕を詠んだ歌」だった……のではないかと考えられる。あれれ、自分は歌人などとして呼ばれたわけじゃなかったのか！　と言う蟹には、ちょっとした滑稽さが見えるから。

そんで、もう一歩踏み込んで考えてみると。実際に芸人がこの歌を詠んだときはいざ知らず、左注には「蟹のために痛みを述べて之を作れり」と注釈を（おそらく萬葉集の編纂者が）つけたあたり、少しの皮肉も入っていた……のかもしれない。蟹を、当時天皇に税をおさめていた民衆に重ねてみれば、と考えてみると、そんな解釈も可能だろう。自分たちは税をおさめて干からびる蟹のような存在だよな〜と皮肉を言っているとも考えられる。

真相はわからないけど。蟹の歌だって、萬葉集には詠まれている。しかも単に蟹の擬人化を歌にした、だけじゃなくて、寿歌のフォーマットに則っていた。奈良時代の人も、いろんな工夫を凝らしながら、和歌を楽しんでいたわけである。

って考えてみると、ほら、萬葉集、もっと読みたくなってきません？

酸いも甘いも知っている
大伴旅人

大伴旅人、といえば「令和」の出典となった題詞の作者と言われている歌人である。

旅人はめっちゃ漢文に精通しており、萬葉集以外にも日本人の漢詩集『懐風藻（かいふうそう）』に彼の漢詩が収録されていたりする。「令和」の出典ともなった題詞でも、漢文の知識がいかんなく発揮されていた。四六駢儷体（しろくべんれいたい）という漢文の文体を自分で使いこなすくらいだ。正直、これまで中国古典を出典としてきた元号において、「まぁ萬葉集なら出典にしてもギリギリ大丈夫かな、漢文も題詞や左注として載ってるしさ」と思わせた（かもしれない）のはほとんど大伴旅人の功績といっても過言ではない（と私は妄想する）。彼が漢文をバリバリ読み、そして萬葉集に歌が載っていたからこそ「令和」の元号も生まれ、この本の出版話も生まれたわけである。

ありがとう旅人！

そんな感謝も述べつつご紹介すると、彼の年齢はだいたいわかっており、六六五年に生まれ、七三一年没。なんと元気に六七歳まで生きていた。長生き。

けっこう衝撃なのが、「旅人」という表記は萬葉集中いちども登場せず、たとえば書簡（手紙である）には「淡等」と書かれているし、ふつうは「大宰帥大伴卿」「大納言卿」といった敬称で登場している。まあそりゃ役職で呼ばれるのが当時は普通だったんですが。ちなみに『続日本紀（しょくにほんぎ）』という歴史書には「旅人」「多比等」とあるので、今の表記はここからやってきているらしい。

そんな大伴旅人、政治的にもちゃんとした身分を持っていた。なんせ家が大伴家、名門である。生まれた時期も良かった。大伴家は一時期蘇我氏に圧迫されてたけれども（歴史の教科書に書いてあるね）、父ちゃん（大伴安麻呂）が壬申の乱で挙げた武功から、ふたたびガツンと栄える時代に入っていた。ちなみに旅人自身も、若かりし頃（つっても五〇代だけど）は左将軍やら征隼人持節大将軍やらとして活躍し、武将としての名を馳せていたらしい。「えっ大伴旅人って歌人じゃないの!? そんな体育会系なの!?」と驚かれるかもしれないけれど、彼の萬葉集に収められている作品たちはほとんどすべて大宰府に赴任した六〇代のものばかりなのだ。武将として成功をおさめたあと、海外とのやりとりを期待されてか、事実上の左遷だったのか、とにかく彼は老年になってから大宰府に送られた……という話である。実際は和歌の詠み手として大きく後世に影響を与えるようになったけれど。

そんな大伴旅人、漢文と仏教思想の影響を強く受けた作家だった。たとえばこんな歌。

この世にし楽しくあらば来む世には虫に鳥にも我はなりなむ

（巻三・三四八）

この世でお酒飲んで楽しかったら、
来世では虫にも鳥にも俺はなるでえ

……ふつーに読んだら酔っ払いの歌である。こちら、お酒大好きな歌群があったことをご紹介したけれど、そのなかの一首。「楽しくあらば」とあるけれど、これはお酒を飲んで楽しくなるっつーことですね。はい。実は奈良時代の「楽し」という言葉は、お酒を飲んで楽しくなる、宴会で楽しい、という意味でほとんど使われていたのですよ。

が、しかし。こんなただの酔っ払い〜な何気ない一首にも、仏教思想が反映されている。「虫に鳥にも我はなりなむ」の箇所。

実は仏教の経典には、「酒は不善諸悪の根本」（涅槃経より）とあったり、お酒を悪いものだとする思想が一部にあった。そのなかで「悪いことをしすぎると来世ではその報いとして鳥や虫になる」という考え方が存在していたのだ。鳥や虫に失礼な話だけど、この仏典の知識があってこその和歌なのである。要は、そんな罰を甘んじて受けてもいいくらい、お酒を飲みたいぜ！って話。うーん、酔っぱらい精神は仏教に染まっていなかったのだろう。

しかも「この世」とか「来む世」という言葉も、仏典の語彙から来ている。仏典はすべて漢文だから、旅人が漢文と仏教に精通しているのも納得してしまう。そんな彼の知識がさらりと出たのがこの酔っぱらいの歌なんである……すごいな。

だから、たとえばこんな有名な歌も、やっぱり仏教の思想が反映されている。

世の中は空しきものと知る時しいよよますます悲しかりけり

世の中は空しいものやって知れば知るほど、
どんどんこの世がいとおしくなって、
どんどん悲しくなってしまうわ

（巻五・七九三）

ぱっと見、シンプルな歌だ。「いよよ」が「いよいよ」であるとわかれば、そのまま現代語訳なしでも理解できそうな。

だけど、これは仏典の語彙「世間」「空」という思想からやってきた和歌なのだ。どういうことかといえば、ここでいう「空」は「色即是空（しきそくぜくう）」で使われる「空」とも同じ意味なんだけど、「世間とは、そこにあるはずの常なるものがなくて、実はからっぽなものなのだ」という意味。世間で絶対的に正しいものなんてなくて、すべては過ぎ去りゆくから、むなしい、空っぽに見える……という思想。この歌は、旅人のもとへ訃報が届き、それに対して悲しみを伝えようとして詠んだ歌だ。手紙のなかの一首でもある。

世の中はぜんぶ空しいのだと知る、それはなぜならそこにいてくれると思っていた人が亡くなってしまったという知らせが届いたから。

だけど旅人は、そう知ったとき、「どんどん悲しくなる」と言う。

当時の「悲し」は、今と同じような「嘆き悲しむ」という意味もあるけれど、同時に「愛し（かなし）」つまりは「執着してしまう気持ち」も含まれている。そもそも「かなし」という言葉は「兼ぬ」＝ちがう二つの存在が一つのものに重なること、から来た語彙らしい（ちなみにこの説明は私の大学院時代の先生からの受け売りです。先生、勝手に使ってスミマセン）。

そんなわけで、仏教思想を知りつつも、それがやっぱりかなしい……過ぎ行く世の中に執着してしまいそうになる……という歌が、「世の中は空しきものと知る時しいよよますます悲しかりけり」なのである。

いやー、こんなふうに考えてみると、大伴旅人の歌を読むのはリテラシーがものすごく必要な行為だな、と私はよく思う。もちろんどんな歌にも知識が必要なんだけど、大伴旅人の歌は晩年の歌が多いこともあって、なんだか私にはまだ届かない領域も多い。

ちなみに彼は大宰府で山上憶良たちと出会い、一大和歌文化圏をつくる。山上憶良の歌も仏教思想が色濃いのだけど、それは互いに影響を与えながら生まれていった和歌たちなのだろう。

萬葉こぼれ話1

萬葉集は ひとつでない!?

萬葉集は全20巻あって、そこにはおよそ4516首もの歌が掲載されている。

20巻といえば、『DEATH NOTE』も追い越し（コミックで全12巻ですよね)、『BANANA FISH』も追い越してしまった（たしか全19巻)。いや漫画で数えるなよとツッコまれそうだけど、それにしたって、けっこう長いと思いませんか。私は長いと思う。

およそ4516首、というのもわりと驚きの多さである。

ちなみになぜ「およそ」なのかというと、萬葉集には「或本歌」といって、今現在、本物とされているものには載っていない歌があるから。この「或本歌」を数えたり数えなかったりで、数に違いが出てくる。

さらに昔の人は手書きで萬葉集を紙にうつしていたから、字の間違いもある。いまや、同じ萬葉集でも、数や漢字のちがう、いろんなバージョンが存在する始末。

まあでもあなたも、『地獄先生ぬ～べ～』（文庫で全20巻）を手でうつせと言われたら絶望するだろうし。1回くらい絶対うつし間違いあるだろうし。みんながそれやったら、いろんなぬ～べ～が存在するでしょ。萬葉集も同じです。

第二章

千三百年前も恋バナかよ

えらいおじさんは若い女の子がお好き

久米禅師（くめのぜんじ） 作

今回の歌

み薦（こも）刈る信濃（しなぬ）の眞弓（まゆみ）我が引かば
うま人（ひと）さびて否（いな）と言はむかも
（第二巻・九六）

現代語訳

ススキを刈るみたいに
信濃の眞弓を俺が引いたら、
あなたはお高く止まって、
いや、って言うんかなあ。

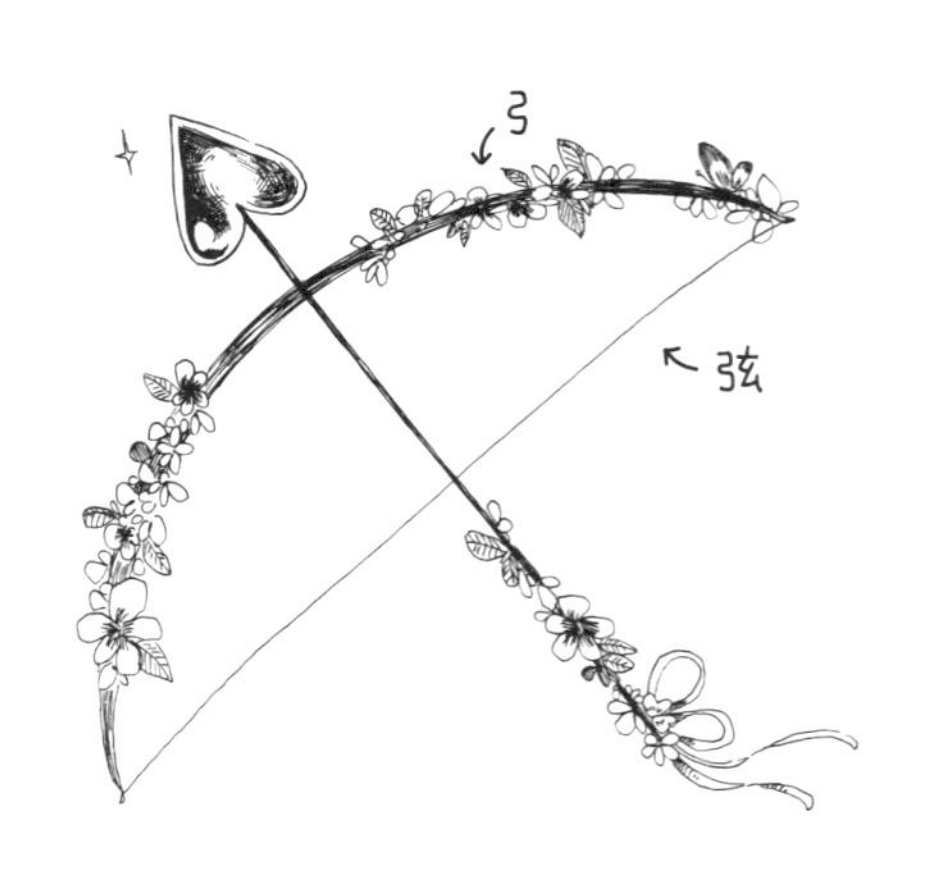

しっかり読んでみると、萬葉集の恋歌は面白いものが多い。私の推したい歌も多い。推したいポイントを語ってみると、萬葉集の恋歌でいいなと思うポイントはふたつある。

①かけあいが絶妙
②女性の歌がいきいきしている

もうこれは完全に好みの問題として、私の偏愛ポイント……として聞いていただけたら嬉しいんだけれども。この二点がめちゃくちゃ好きなんだよ！

①は、萬葉集の相聞歌（そうもんか）というのは、贈答のやりとりがそのまんま載っていたりする。それがまあ、なんというかウィットに富んでいたり、「あ〜こういう人ってこういうこと言うよね！」と共感できるものだったり、ここでこんな返答するんだ！　とわくわくしながら読めたり。掛け合いが絶妙だなぁ、と思う歌が多い。

②は、『古今（こきん）和歌集』や『新古今和歌集』と比較したときの好みでしかないのだけど。社会的背景を付け加えとくと、奈良時代は女性にも土地の所有が認められていた

り、女性の天皇がいたり、比較的女性の地位が高かった時代である。萬葉集には女性の歌もたくさん収録されているけれど、様々な立場の女性が恋愛の歌を詠むとき、魅力的な歌が多いな～と楽しく読めてしまう（もちろん後世の和歌でも面白い女性歌人はたくさんいるけどね）。

で、この①②の魅力を兼ね備えた！　すばらしい！　と勝手に偏愛している歌が！　ここで紹介する巻二に収録された石川郎女（いしかわのいらつめ）と久米禅師という二人の贈答歌である。

この巻二には「相聞」という部立（ぶだて）（章というか、カテゴリーみたいなもの）があるのだけど、なんせ恋の歌ばかり載せている。これから紹介する五首は、そのうちのひとつだ。

ちょっと登場人物を紹介しておこう。

「郎女」と書かれているのは、「石川郎女」という女性。「郎女」は今で言えば「さん」みたいなもんで、女性への呼び方。まあ「石川さん」くらいの意ね。石川郎女はそんなに身分の高くない女性だったんじゃ？　と言われている。

私はこの石川郎女という歌人が大好き。

……っていきなり愛を語りだしたやんけこいつ、と思われそうなんだけど、でも大好き。ええ。

なにが好きって、彼女の詠む歌は、ひじょ～に教養とウィットに富んでいて、頭の良さと恋愛の上手さが窺(うかが)えるとこ。喩(たと)えるなら小説は関西弁のユーモアにあふれた恋愛小説の得意な田辺聖子、挿画は同じくオシャレでユーモアのある恋愛漫画の得意な西村しのぶでお願いしたい。

しかし石川郎女の実際の姿はぶっちゃけよくわかっていない。たとえば大伴家持や坂上郎女といった歌人ならば、史的資料も残っているのだけど、石川郎女については どこからどこまでが本当の姿だったのかすらよくわからない。なんせ彼女は時代をまたいで九人の男性と恋愛歌を交わしたことになっており、さすがにこんな長期間生きとらんやろ、別人かフィクションやろ、と言われているからだ。九人別々の男性とのラブレターが残っている女こと石川郎女……。

でも私はそんなところも含めて面白いな、と思う。だってもしかしたら（これも妄想だけど）、石川郎女という「キャラクター」がどっかでできあがって、恋愛上手で教養深い女性キャラクター（つまり架空の人物）として萬葉集に登場しているかもしれないのだ。そうだとしたら、奈良時代の人々も、この伝説上のキャラはこんな歌を詠みそう！　と（あたかも現代でキャラの二次創作が流行るみたいに）思ったわけじゃないか。面白すぎるでしょ。

ちょっと話が長くなりすぎた。で、そんな恋多き女性歌人・石川郎女の今回のお相手（というか、萬葉集で石川郎女が登場するのはここがはじめてなので、初のエピソードのお相手！）は、「久米禅師」という男性である。禅師とは法師、つまりはお坊さんだ。

今回の歌は、石川郎女という若くてたぶんそんなに身分の高くない女性と、久米禅師という（おそらくそんなに若くはない）お坊さんのやりとりだ。ちょっと身分差があるのがわかるだろうか。久米禅師のほうが若干えらいのね。

身分差というのは古今東西、恋愛話のスパイスと相場が決まってるもんだけど。今回はどうだろう。

まず一首目を読んでみる。久米禅師から贈られた歌。

み薦(こも)刈る信濃の眞弓我が引かばうま人さびて否と言はむかも　禅師

（巻二・九六）

ススキを刈るみたいに
信濃の眞弓を俺が引いたら、
あなたはお高く止まって、
いや、って言うんかなあ

…………ひとつ言っていいですか？

は、はらたつー！

いやもうこういう男が一番だめ！　あかん！　ひっかかんな石川郎女！

と、私が彼女の女友達だったら言いますね、ええ。

ってなんでこんなふうに憤るかって解説しますとね？「み薦刈る」は「信濃」の枕詞ですね。（なんで信濃が出てくるかといえば「眞弓」という弓の木の原産地だからなんだけれども）。そして「うま人さびて」は直訳すると「貴人ぶって」とか「貴族のような振る舞いで」とかいう意味。

つまり、久米禅師は「弓を引いたら貴族みたいに断るんかな～」と言ってる。ここで読者は「弓を引く」ってのが「女性を誘う」という意味の比喩になってることがわかるのである。この歌だと眞弓＝女性＝石川郎女、と喩えてる（はいここ覚えといてね。あとでまた出てきます）。

しかしなにが腹立つって、この久米禅師の言い方である。そもそも女性を「信濃の眞弓」、つまり「ちょっと田舎の弓」に喩えるの、どーかと思う。そのうえで「あなたは貴人ぶっていやって言うかな～」って聞くのは、結局「いやあなたは信濃の眞弓だから（＝田舎の女だから）、いやって言わないよね～」というニュアンスが込められているということだ。お高くとまってイヤなんてあなたは言わないよね？　と念を押しつつ誘う和歌なのである。

いくら仲が良くても！　舐め散らかしてるだろ！　石川郎女のことを！

……と私だったら憤る。ええ。

しかし、だ。石川郎女は私の数百倍も上手。

長くなってきたので、（まさかの）次項、続くっ！

若い女の子は機転をきかせる

石川郎女　作

今回の歌

み薦（こも）刈る信濃（しなぬ）の眞弓（まゆみ）引かずして弦（を）はくるわざを知るといはなくに

（巻二・九七）

現代語訳

信濃の眞弓を実際には引いてへん、
それやのに弓に弦をつけられることを知ってるやなんて、
あんたは言えへんはずやけどね

んなわけで（まさかの）前項からの続きです。さあわりと失礼なことを言ってきた男、久米禅師！　どうする、石川郎女！　ってとこでしたね。

彼女はこう返す。「信濃の眞弓を実際には引いてへん、それやのに弓に弦をつけられることを知ってるやなんて、言えへんはずやけどね」。どういうことか、実際に和歌を見てみよう。

「弦はくる」は通説が定まってなくて（そもそも原文が「弦」なのか「強」なのか、書き間違いじゃないか〜という議論が今も続いている）、いろんな解釈があるのだけど。個人的には「弦をはく＝つけさせる」の意味がしっくり来ると思い、今回の訳にしてみた。

石川郎女は、前回の歌で「眞弓を引いたら嫌って断られるかな〜」と聞いた久米禅師に対して、「あら、そんなこと言うけど禅師さんそもそも眞弓引いてへんやん」と、さらりと返す。「眞弓を引いてもないのに、弓に弦をかけられる気でいるなんて、言えへんはずやけどね？」と。

ここでいう「弦をかける」が何を指すのかは、ちょっと頭を使うとともにいささか妄想の範囲になってくるけれど（ちなみに妄想ではなく証明しようと思えば学術論文一本書けます）。私としては「弦をかける＝自分（郎女）に手をつける」説を推したい。つまり久米禅師は石川郎女を誘って（引いて）、断られなければイケる気でいるけれど、そもその弓は久米禅師が弦をかけられる状態にあるかどうかわからないのだ。弓はもはや禅師が弦をかけられない状態、つまりは他の人のものになってるかもしれない。

なぜかといえば、弓に弦をかけるとき、弓をたゆませる必要がある。弓は長い間使っていないと、木がかたくなって、弦をかけづらくなる。……ここで石川郎女は長い間訪ねてこなかった久米禅師を揶揄する。長い間来おへんかったのに、いつでも私があなたのものだと思わんといてやー。弓を引いてもないうちから、ちゃんと誘ってもないのにイケるとか思いなさんなー、と返しているのだ。

……という説を！　推したい！　私は！

いや妄想逞しくしすぎやろ、とツッコミを受けそうだけど、弦はくる「わざ」の「わざ」は、古語だと「方法」という意味もあれば、単純に「こと」という意味もある。ちょっと意味の広い言葉だ。「弦はくるわざ」の解釈がいまだに揺れている由縁はここにもある。まあこういうことを細かく論じた修士論文を私は（長くなるので以下略)。

まあ「弦はくるわざ」の真相はわからないけれど、石川郎女はここで終わらせない。

そう、さくっと禅師をあしらったかと思いきや、もう一首彼女は歌を贈る！

梓弓引かばまにまに寄らめども後の心を知りかてぬかも　郎女

(巻二・九八)

梓弓なら引けばそのままあなたに寄るけどね。

でもまあその後のあなたの心を知らへんからなあ、私は

……かわいい!!　と悶絶してしまう。どうかわいいのかというと、まず「まにまに」は「そのまま」という意味。「知りかてぬかも」は「知ることができないな」くらいの意味で考えてほしい。

最初に注目してほしい。禅師が言ってきた自分に対する比喩である「眞弓」を、こ

こでくるりと「梓弓」に変えている。梓弓は眞弓よりも少しやわらかい素材でできているので、要は弦をかけるときに曲がりやすいんである。さきほどの歌で「弦をかけられるかどうかわからない」と言っていたけれど、梓弓なら引けるし、そのまま引くと体に寄る。

そんなふうに、あなたが言うような〈信濃の眞弓〉じゃなくて、私が〈梓弓〉だとしたら、そのままあなたのほうに寄ってくけどね、と上の句で言っているのだ。

す、素直やん！　従順やん！　と驚く上の句である。いったい前の歌は何だったのか？

しかし下の句ではこう続ける。「後の心を知らないなあ」。弓を引いた後、私を誘ったあと、あなたがどんな心持ちになるかわからないからなあ、と。

私は引けば寄るけど、あなたのその後の心がわからないんやん。と、言ってる石川郎女、ちょうかわいくないですか⁉

たぶんここにはさっきの歌で見た「久米禅師、長い間石川郎女のもとへやって来なかった疑惑」が関わっていて、「これまでみたいに一回誘ってはやって来なくなるんでしょ」的な目線が透けて見える。

一度「イケると思わんといてや」と言いつつ、そのあとに「まあ寄ったるけど、そもそもあんたの態度がはっきりせんのやろー」と返せる石川郎女は……恋愛偏差値が高いと思いませんか、おねーさん。

はい、そんなわけでこれに対する久米禅師の答えといえば、

梓弓弦緒(つらを)取りはけ引く人は後(のち)の心を知る人ぞ引く　禅師

（巻二・九九）

梓弓の弦を取ってつけて引く人は、
その後の心がわかってるから引くんやないか！

そ、そう返さざるをえないよね〜！　と読者としては笑ってしまう返答である。
つまり、石川郎女に「私は寄るけど、あなたのその後の心がわかんないなあ」と言われてしまっては、久米禅師としては「いやそんなことあらへん、俺はその後の心をばっちりわかってる、約束できるから引く＝誘うんやろ！」と返すほかない。

この返答を引き出してみせる石川郎女の女子力。プロポーズさせる力がすごすぎる。私は女子力って言葉が画一的すぎてあんまり好きじゃないんだけど、ここに関しては、これを女子力と言わずして何と言うのだ、と慄く。

そしてその通り、久米禅師はこのあとの歌でこう詠んでいる。

東人の荷前の箱の荷の緒にも妹は心に乗りにけるかも　禅師

（巻二・一〇〇）

東国の人の荷物の箱をしばる紐みたいや、
あなたは俺の心にしっかり乗っかってしまったなあ

「後の心」がわからないと言われていた久米禅師だけれども、結局「あなたが俺の心にしっかりと乗っかってきたぜ！」と呟く歌で終わっている。

ちなみに「東人の荷前（＝荷物）の箱」とあるけれど、「信濃の眞弓」というモチーフがあったことを考慮すれば、この荷物の中身は、信濃という東国からの貢物（つまり眞弓、つまり石川郎女かも……）なんて考えてしまう。

荷物をぐるぐると縛る紐みたいに、しっかりと固定されてしまった禅師の心。いやはや、ハッピーエンドじゃないですか。

しかしあの舐めた禅師からこのハッピーエンドを引き出したのは、ほかならぬ石川郎女の歌の巧さではないか、と私は思う。

頭のいい女性って最強だ。

ちなみにこの五首の題詞が「久米禅師娉二石川郎女一時歌五首」とある。「久米禅師が石川郎女に求婚するときの歌五首」という意味だ。うーん、よかったね！　ハッピーエンドが一番である。

許されぬ恋の歌にある美しき誤解

額田王（ぬかたのおおきみ）作

今回の歌

あかねさす紫（むらさき）野（の）行き標（しめ）野（の）行き野守は見ずや君が袖振る

（巻一・二〇）

現代語訳

あかねさす紫野に行って、禁止された標野に行ったけど
野守が見てしまうで、
そんなふうにあなたが袖振ってるところを！

たぶん萬葉集で一番有名な歌って、この歌なんじゃないか。

あかねさす〜むらさきのゆき、しめのゆき〜。古典の授業で暗唱させられる場合も多い。なにより百人一首に収録されているから、かるたなど、いろんなところで見かける歌である。最近だと、競技かるたの部活を舞台にした『ちはやふる』（末次由紀、講談社）という漫画にも登場する。もしこの歌の意味を知っている方がいたら、ぜひその意味をいま思い浮かべてほしい。

作者は稀代（きだい）の女流歌人、額田王。時の天智（てんぢ）天皇が弟の大海人皇子（おおあまのおうじ）を従えて、紫草を狩りに野原へやって来た。天智天皇という夫がありながら、額田王はこんな歌を詠んだのだ。

袖を振るとは、この時代においては恋心を相手に示す振る舞い。「好きだよ」と言うようなもんである。標野は立ち入り禁止だとされた野原。野守とは野原の番人。……に見せかけて、天智天皇のことを指している。

天智天皇の妻だから、「立ち入り禁止」つまり浮気禁止の自分。だけど大海人皇子が好きだよと言ってきている。しかも天智天皇が見てるそばで。ああ、でもそんなことをしたら、天智天皇にばれてしまう。

つまりは額田王の作った、ひそやかな不倫の歌。皇太子ふたりとの間に引き裂かれる、しずかで秘密の恋の歌……。

なんて、古典の授業では解説されると思う。思うんだけど。

実は、一般的なこの歌の解釈については、ちょっと、いや、ちょっとじゃない、大いなる誤解が潜んでいる。

……ということを、私は大学に入ってから知った。

いや、間違ってはいない。学校で習う解釈や意味が間違いなわけではないのだ。たしかに「標野」は立ち入り禁止の野原だしおそらく額田王のことを指してるわけだし、「野守」は野の番人だし結局は天智天皇のことを指している。そして手を振ってきたのは大海人皇子だろう。

だから、歌の意味が間違っているわけじゃない。

だけど実は、この歌が詠まれたシチュエーション、事実はかなり違っていたらしい。

まずこの時、額田王はだいたい三十八、九歳。意外と年齢を重ねている。若いふたりの、許されぬ不倫の歌、というわけではないらしい。

　そしてこの歌は「雑歌（ぞうか）」という部立（章）に入れられている。本気で不倫の歌と解釈されていれば、「相聞」のところに入っているはずなのである。しかしそうではなく「雑歌＝公の歌」として収録されている。しかも題詞に「天皇が遊猟しにこられた時に」と書かれているので、「ひっそりと詠まれた恋の歌」とは程遠いのである。

　さらに極めつけが、この歌には「あかね＝紫草の根」「紫野」「標野」「野守」「袖」など、猟や獲物に関する言葉が詠み込まれている。

　ここから考えるに、おそらくこの歌は、遊猟のあとの宴会における遊びの歌として作られたものだったんだろう……と言われている。

　四十近いおばちゃんが、宴会で、「あかねさす紫野行って、禁止された標野に行って、野守が見てしまうで、そんなふうにあなたが袖振ったら～！」と明るく笑って作った歌……というのが、どうやらこの歌の真相だった。

　これを知ったとき、「ええっ、もっとひそかな恋の歌じゃないの⁉」と私は驚いた。というかショックだった。もっとロマンチックなイメージだったのに！

　しかし事実は妄想より奇なり。

　この歌に対する返答は事実（？）を踏まえたほうが面白く読める。

紫草のにほへる妹を憎くあらば人妻ゆゑにわれ恋ひめやも　（巻一・二一）

紫草みたいに美しいあなたを好きじゃないんやったら、
人妻やのに、なんで俺があなたを好きになるん？

宴会で大海人皇子はノリよく返したのだろう。ラブレターというよりは宴会芸。それでもこの返答が出てくるのは、まったくもってイケメン〜と言うべきだろう。

しかし、歴史の教科書に載っていることなのだが、その後、大海人皇子は天智天皇との不和から、吉野へ遁世することになる。後に天武天皇となる大海人皇子と天智天皇の不和というやつだ。もし萬葉集の「あかねさす」の歌が本当に不倫の恋の歌なら……。天智・天武の仲違いの原因は額田王⁉　という説もありえたのだけど（ちなみに記録上では、額田王は天智天皇ではなく、天武天皇の妻となっている）。

しかし実際のところ、詠まれた歌が宴会での笑えるやりとりならば、むしろ政治的には敵対していた人どうしの深い大人の世界を私たちは見ている……のかもしれない。

政治の面ではどうであれ、額田王も大海人皇子も天智天皇も、懐広めでノリのいい大人だったのだ、という違った歴史の一面が見えるから。『ちはやふる』（末次由紀）とか『天の果て地の限り』（大和和紀）とか、私の知ってるロマンチックなイメージは一体⁉　となった私だけど、真相は真相で、わりと面白くて気に入っている。

さまざまな事情を含みつつも、ノリよく、ユーモアあふるる萬葉集。うん、よろしいじゃないですか。

萬葉歌人はラテン系？

今回の歌

上野(かみつけの) 安蘇(あそ)のま麻群(そむら)かき抱(むだ)き
寝(ぬ)れど飽かぬをあどか我(あ)がせむ

（巻一四・三四〇四）

現代語訳

上野の安蘇で
麻の束を抱えるみたいに、
きみを抱いて寝ても
飽き足りへんのに、
ぼくはどうすればええんかなあ

会いたくて震える
フリするおにーさん

萬葉集を読んでいると、「日本人もこんなこと言ってた時代があったんか！」とびっくりする。いやほんとまじびっくりする。

こんなことというのは、もはや紹介するのも恥ずかしいような「のろけ」の歌たちのこと。ラテン系かと見まごうような大胆な恋の台詞（歌）が、萬葉集には収録されている。面白いのでちょっとご紹介してみようと思う。

ま、この章でさっきから紹介してるのは巧妙なかけひきとか宴会芸ですからね。フツーに幸せな歌も良いじゃないですか。

今回の歌は「上野安蘇のま麻群かき抱き寝れど飽かぬをあどか我がせむ」。二句目まではいわゆる「序詞（じょことば）」。情景だとかモノを使って、次の言葉につなげるためにいい感じの句を作る手法です。ほら、歌詞でも「好きだー！」って直接的に気持ちを伝えるだけじゃなくて、「（会いたくて会いたくて震えるくらい）好きだー！」って言ったりするでしょ。この（　）部分が、和歌でいうところの「序詞」なわけだ。

で、ここでは「きみを（上野の安蘇の麻の束を抱えるみたいに）抱いて寝ても飽きないよ〜、どうしようね〜！」と詠んでいる。生えている麻というのは、男性の背丈を越えるくらい大きいので、数本まとめて抱えて引き抜いて収穫するらしい。だからこそ、体ごとぎゅうっと「抱く」イメージといえば「数本の麻にぎゅうっと抱きついて引っこ抜く」ことが連想されて詠まれている。

歌の内容は「抱いても飽きない、まじどうすればいいのか」。そんなこと聞かれても、読者としては全力で「お幸せに！」と言うほかないけども。

……って、これだけの話なら私もさすがに紹介しない。ただの「きみが好きで困っちゃう☆」と言いたいだけのシアワセ絶好調な歌やんけ、とつっこむ。

でも実は、この歌にはしかけがある。気づくかしら。

言葉のリズムで、遊んでいるのである。

ひらがなでかくとわかりやすい。

かみつけの　あそのまそむら　かきむだき　ぬれどあかぬを　あどかあがせむ

「あそ」の「まそ」むら、「かき」「むだき」、「あかぬ」を「あどか」「あが」せむ。

……同じような音が繰り返されているのだ。

これ、注意しないと意外と気がつかないのだけど。面白いと思いません？　ただののろけ歌に見えて、実はちゃんと文芸的な面白さを用意してある。音をくりかえす遊びを忍ばせてあるのだ。

萬葉集、意外とこういうことをするから面白く読めちゃうんだよなーと私は思う。前に紹介した漢字で遊ぶ「戯書（ぎしょ）」もそうだけど、音でもばっちり遊んでいる。しかもこんな、ただの恋愛歌においても、だ。その裏でちゃんと音を合わせて遊ぶ工夫なんかしてるんだから、これぞ萬葉集のユーモア精神、と言いたくなる。

まあ、それにしても「お幸せに……」とおなかいっぱいになるほどの甘さたぷたぷ恋愛歌だとは思うのだけれど。

ちなみに、これと同じく「お幸せそうでなにより！」と全力でごちそうさまのポーズをしたくなる歌はほかにもある。

刈薦（かりこも）の一重（ひとへ）を敷きてさ寝（ぬ）れども君とし寝（ぬ）れば寒けくもなし　（巻一一・二五二〇）

刈った薦で編んだ敷物を一枚だけ敷いて寝るけれど、
あなたと一緒に寝ると寒くないんよ

……もはや解説しなくてもだいたい伝わりそうな「おなかいっぱい！」なお幸せそーな歌。いやするけど、解説。薦（マコモ）はイネ科の植物で、敷物を編むのに使う植物。でもやっぱりそれ一枚だとなんとも寒々しい敷物になってしまう。でも！「君とし寝れば」！　すこしも寒くないわ、と。

千三百年経った現代日本では氷の城を作って「少しも寒くないわ！」と某ディズニー・プリンセスに歌わせたっていうのに！　奈良時代には、「あなたと寝れば」少しも寒くないわ！　ってな歌がすでに作られていたらしい。リア充ここに極まれり、である。

麻苧（あさを）らを麻笥（をけ）にふすさに績（う）まずとも明日（あす）きせさめやいざせ小床（をどこ）に

（巻一四・三四八四）

麻糸をそんなに器いっぱいになるまで紡がなくても、
明日があるから、ほら寝床いこ

こちらの歌は、「明日きせさめや」のところが未詳語彙、つまりは意味がわかっていない語彙である（すごいよな、萬葉集って千三百年間も日本で読まれてるくせにまだ意味がわかっていない言葉がけっこうあるんだよ……こんなものがあるから萬葉集の研究は終わらないわけですが）。

でも、歌の意味はだいたいこんなところじゃないかと思う。麻をそんなにたくさん紡がなくても、つまりはそんなに仕事しなくても、明日があるから大丈夫だよ、ほら今日は寝よう、こっちの寝床においで……。とか。「いざせ」は「おいで」って意味です。って、さらっと萬葉集にこんな歌が載っていることにびっくりするけれど、要は「今日は一緒に寝よう☆」と誘う歌である。

うーん、ごちそうさまです、としか言いようがない。恋はいろいろあるけれど、萬葉集に載ってる歌もいろいろありますね。ごちそうさまでした。

恋は年をとってから

大伴坂上郎女（おおとものさかのうえのいらつめ）作

今回の歌

黒髪に白髪（しろかみ）交じり老ゆるまでかかる恋にはいまだあはなくに

（巻四・五六三）

現代語訳

黒髪に白髪がまざって老いるまで、
こんな恋には出会ったことがなかったわぁ

こちらは、もはや白髪交じりのおばちゃんやおじちゃんの恋の歌だ。

古典の時代は結婚時期が早かったから、今のおばちゃんの年代になったら恋をしない……と思いきや、どっこい、今よりもっと自由だった。

おばちゃんおじちゃんでも恋をする。むしろおばちゃんおじちゃん、いやおばあちゃんおじいちゃんだからこそ恋をする、のかもしれない。


今回ご紹介するのは、大伴宿祢（おおとものすくね）と坂上郎女のやりとり。

実際の年齢はよくわかっていないが、宴会で詠んだ「老いらくの恋」の歌が残っている。

まずは大伴宿祢から。四首連続で、「大宰大監大伴宿祢百代の恋の歌四首」（だざいのだいけんおほとものすくねももよ）として収録されたぶんだ。


事もなく生き来（こ）しものを老いなみにかかる恋にも我（あれ）はあへるかも　（巻四・五五九）

なにごともなく生きてきたのに、

老い波が寄ってから、
はじめてこんな恋にめぐりあってしもたわ

「老いなみ」は「老いという波」くらいの意味で、ざっぱーんと老いが波として自分にかかってきた様子をあらわす言葉。なかなかうまい表現だ。

でもこの歌では、ざっぱーんと老いの波が寄ってきたあとに「かかる恋」つまりは「こんな恋」に巡りあったのだ、と詠んでいる。こんな恋とは誰との恋？　決まってる、歌を贈る相手との恋だ。

あーのーひーあーのーとーきー、と小田和正の曲でも流したくなる歌だけど、宿祢が贈った歌はこれだけじゃない。こう続ける。

恋ひ死なむ後（のち）は何せむ生ける日のためこそ妹（いも）を見まく欲（ほ）りすれ　（巻四・五六〇）

恋に死んでしまったら、
そのあとは何にもならへん。

生きてる日のためにあなたに会いたいんやよ

われわれは老い波が寄ってる身だから！　恋なんかしたら死んでしまうかもしれないけれど！　でも死んじゃったら意味ないじゃん（あなたに会えないから）！

小田和正もびっくりな前のめりっぷり。老いてからの恋歌だと、「恋ひ死なむ」の扱いの重さもひとしお、である。若い子の「恋に死んじゃうよ〜！」の軽い嘆きとは一味ちがうぜ。

ちなみに、萬葉集中にこれとそっくりの歌がある。巻一一・二五九二番「恋ひ死なむ後は何せむわが命の生ける日にこそ見まく欲りすれ」（訳：恋に死んでしまったらそのあとは何にもならへん。私の命が生きてる日にこそあなたに会いたいんやよ）。そっくりでしょう？　こういうそっくりの歌のことを「類歌（るいか）」って言ったりします。萬葉集、四五一六首もあれば似たような歌がたま〜にある。作者が参考にしたのか、偶然似たのか、もしかしたら出典が同じだけど違ったルートで伝わってきたのか。謎はまだまだ深い。

ってなわけで老いらくの恋歌三首目！

思はぬを思ふと言はば大野なる三笠の杜の神し知らさむ　（巻四・五六一）

俺が好きでもないのに好きやって言ってたとしたら、
大野にある三笠の杜の神様にわかるはずやで

神に誓って俺の気持ちは本気だ！　もし嘘ついてたら神罰がくだってるやろ！　って歌ですね。冗談やあらへんで～と笑う顔が見えそーな歌だな。ちなみに「大野なる三笠の社」は『日本書紀』にも登場する、今で言うと福岡県の大野城市にある。

この歌にも「類歌」があって、たとえば「思はぬを思ふと言はば天地(あめつち)の神も知らさむ邑礼左変」（巻四・六五五）なんかも「好きじゃないのに好きって言ってたら天地の神様がわかるはずだ！」という同じ発想の歌。女性に自分の気持ちが嘘じゃないことを伝えるときの定型表現みたいになってたんだろうなー。今も昔も「神に誓って嘘やあらへん！」という男性の弁明（？）は変わらないわけです。はい。

そして老いてからの恋歌ダメ押し四首目。

暇(いとま)なく人の眉根(まよね)をいたづらに掻(か)かしめつつも逢はぬ妹かも

（巻四・五六二）

休まず眉をとにかく掻いてるのに、
全然きみに会えへんわ

これ、「眉がかゆくなると好きな人に会える前兆」という奈良時代のおまじない（気になる内容ですが、後の章で詳しく話すことにします！）を逆手に取った男性の歌です。ぜんぜんかゆくならないので自分で作っていくスタイル。少し大人……というよりはおじさんの歌だ。ひとひねりするあたり、そう思いません？

でもこの歌をもらったら笑っちゃうな。切実に恋してる！　というよりは、余裕あるおっさんの歌、という感じがする。

萬葉集の歌は、もちろん単体で読んでも面白いんだけども、その前後に同じ作者の歌がある場合は、すこし文脈を意識して読むとまた違った面白さが見える。今回の歌も、単体だと切実な恋なんか冗談なんかよくわからないけど、「老いてからの恋」という設定文脈を踏まえると、相手を笑わせようとする姿勢というか……ここでダメ押し！　会ってくれるよね？　いけるよね？　とあえてオーバーに恋心を表現しようとする姿勢が見えてくる。

で、こんなふうに贈られた歌に対して、返した二首がこちら。返すのは大伴坂上郎女。萬葉集のなかで最も歌の上手なマダム、というイメージのある歌人。いろんな人と恋愛の歌をやりとりしてるので、萬葉集中のいろんなところに出てくる。いつも余裕があるおねーさんなんである。

黒髪に白髪交じり老ゆるまでかかる恋にはいまだあはなくに（巻四・五六三）

黒髪に白髪がまざって老いるまで、
こんな恋には出会ったことがなかったわぁ

宿祢が「事もなく生き来しものを老いなみにかかる恋にも我はあへるかも」って言

ってきたのに対応するように、「黒髪に白髪交じり老ゆるまでかかる恋にはいまだあはなくに」と返している。いやはや、後半はほとんど同じような言葉を使いつつ、前半はよりリアリティのある老い表現（「白髪」！）を使うのがすごいと思いませんか。こう、相手の発想に乗っかりつつも、その上手の表現を使って返すおねーさん！
しかしこれだけでは終わらんのが坂上郎女。

山菅（やますげ）の実ならぬことを我（わ）に寄（よ）そり言はれし君はたれとか寝らむ　（巻四・五六四）

私とは結局実がならへんかったけど、
恋仲だって噂されたきみは、
今誰と寝てんのかな？

なんかあなたと私の噂が立ってたやん？　でも私たち実がならへんかった、つまりは結局、そういう仲にはほんとはならへんかったよなぁ……。
「で、今あなたは誰と寝てんの？」

で締める坂上郎女。めっちゃチャーミングなおねーさんだ。

眉を掻いて会いたいなぁと思ってるってあなたは言うけど、噂だけ立って、ほかの人と結局寝てるんやん？　という答えで返す。

たぶんこの歌たちは、本気で老いた男女のやりとりだったというよりは、宴会でおじちゃんおばちゃんがみんなの前で笑えるやりとりをやってみた、というノリだったのだろうと言われている。だからこそ、男性側が「会ってくれへんけどめっちゃ好き！」というノリをうまい歌にのせて言ってみて、それに対して女性側が「会ってへんやん、誰とおるん」とぴしゃりと返す……というやりとりだったわけですね！　宴会でそういうノリを作ってみんなで笑ったんじゃないか、と。

「白髪交じり」のおじちゃんおばちゃんがやりとりするから、さらに宴会が盛り上がったのかもしれない。まあこれは妄想ですけれども。

そう考えると、大人の恋愛というよりは、おじちゃんおばちゃんによる宴会芸恋愛歌なわけだけれども。当時の人たちは歌をそうやって身近に使ってたんだなーと思うと、ちょっと笑ってしまう。

老いらくの恋歌は、ユーモアと教養と切り返しの巧みさによって成立する。だからこそ「白髪交じり」の歌が、私たちのもとへも笑いとなって届くんだろう。

乙女なロマンチスト
大伴家持

萬葉集でもっとも存在感のある男こと大伴家持。なんと彼の萬葉集収録歌は長短歌計四百七十三首！　多っ！　全二十巻中、ラスト四巻、彼の日記帳！

いやそりゃ家持の存在感でかくなるやろ。歌の数も多くなるわ。五分の一の巻の主役。そんなわけで萬葉集の編纂者は彼じゃないかと言われております。実際のところはわかってないけれど。

お父さんに大伴旅人、おばさんに坂上郎女を持って、和歌の英才教育以外の何物でもない布陣で育てられた家持。幼少期は大宰府へ（父の仕事の都合ってやつですね）、母を幼い頃亡くすも叔母が母親代わりになった。しかし彼が一〇代の時に父も叔母も亡くなる。けれど、坂上郎女に教えられた恋歌の技術は大いに役に立った……らしい。萬葉集を見ているとそう思える。

彼は父ちゃんと違って、政治的にはわりと不遇な立場に追いやられることの多かった人生なのだけど（藤原家と橘家の抗争の時期だった……時代が悪かったね）、そのぶん、赴任先である越中で歌を二百首以上詠んだり、同じく赴任先の難波で防人のひとびとと交流して、それがもとで防人歌が萬葉集に載るに至ったらしいとか、和歌史において残した功績は大きかった。それが萬葉集のなかにもよく表れている。

たとえばこちらの歌。赴任先の越中から都へ帰ることになったとき、友人の大伴池主（おおとものいけぬし）に贈った歌だ。

我が背子は玉にもがもなほととぎす声にあへ貫き手に巻きて行かむ

（巻一七・四〇〇七）

いとおしいきみが、真珠やったらなあ。
（ほととぎすの声といっしょに）ひもに通して、
僕の腕に巻いてゆきたいんやけど

……相手は、男、だぞ!? と二度見しそうな恋歌だけど、萬葉集にはフツーに載っている。ちなみに池主（※男）が返した歌群のなかの一首はこちら。

うら恋し我が背の君はなでしこが花にもがもな朝な朝な見む

（巻一七・四〇一〇）

恋しくていとおしいあなたが、なでしこの花やったらねえ。
そしたら私は毎朝見られるのにな

……真珠に対して、花っすか、そうですか。ノリノリやんけ、と慄（おのの）いてしまうけれど、これらの歌、「恋愛の歌のフォーマットを用いて相手への想いを詠む」という男性同士の戯れなのである。真剣な相聞歌というよりは、恋愛の歌のフォーマットが共有知識としてふたりの間にあることが前提の遊び。わかりますか、意外と教養や知識が必要であると！

あるいは、家持の歌だと、こんなのも掲載されている。

春の苑紅（そのくれなゐ）にほふ桃の花下照（したで）る道に出で立つをとめ　（巻一九・四一三九）

春の苑（その）の、紅に色づく桃の花に染められて下まで色づいている道に、
立ってる女の子

何とも言えず美しい情景を詠んだ歌だけども……この歌を詠んだ家持、なんと齢（よわい）三四だったのである。いや、美しいけど！　乙女だな家持！　きみのほうが乙女よりおとめちっくだよ！　と私は全力で思う。

ちなみに「春苑」や「紅桃」は漢籍でよく使われる表現。地味にこの歌も漢詩の伝統が下敷きになっている。いやでも美しい光景ですよね、桃の花と乙女。家持はほかにも花の歌をわりと詠んでいて、たとえばこんな歌もある。

なでしこが花見るごとにをとめらが笑（ゑ）まひのにほひ思ほゆるかも　（巻一八・四一一四）

なでしこの花を見るたびに
彼女の笑顔の素敵さが思い出されるんよなぁ

ろ、ロマンチスト……。家持の歌を読むと、鳥やら花やら「どうやって小物を使うか」「どうやってそのモチーフをうまく使うか」という、歌の修作のような側面も見えてくる。ホトトギスだったらどう詠むのが効果的かな、なでしこの花の場合はどうかな、とか。

家持は、とにかくたくさん歌を詠む。そしてそのなかで自分がしっくりくる歌を見つける。家持を見ていると、歌は女性や男性やいろんな人とのコミュニケーションの手段であるのと同時に、修練すべき自分の芸術だったのだろうな、とわかる。変な話、歌が贈り合うものや儀式に使われていた時代から、どんどん文芸的で芸術作品としての歌に変わっていく時代への過渡期が、家持の存在によって作られていたのかもしれない、とも思う。もちろん旅人や憶良の時代にもあったけど、家持によって、そして萬葉集ができて、その方向性が決定的になったんじゃないか、と。

きっと家持は文学という言葉がなかった頃から、歌が文学的な存在だ、ってわかっていたんだろう。だから修練し、たくさんの歌を残し、たくさんの人の歌を収録する歌集の編纂に関わっていた（と見なされている）のだ。

それは歌が好きで、歌をたくさん詠むことで自分の仕事での不遇さを乗り越えていたのかもしれないし、家持の人生の実存のようなところが、歌によりかかっていたからなのかもしれない。彼がいたからこそ、萬葉集はただの時代的な記録を超えて、文学作品として保存されていた……なんて言ったら、さすがにちょっと妄想が過ぎるかなあ。

ちなみに全二十巻ある萬葉集の最後の歌は、天平宝字三年（七五九年）正月に家持が詠んだ、

新しき年の始の初春の今日降る雪のいやしけ吉事　（巻二十・四五一六）

新しい年のはじめの正月の今日降る雪みたいに、
どんどん重なりますように、ええことが

という歌。当時、新しく年が始まる日に雪が降ることは、その年が豊作になる予兆とされていた。どうか今年が、いい年になりますように。そんな年のはじめの祈りのことばが、萬葉集の最後の歌なのだ。

家持の歌日誌といえば、「歌を詠んだ日付順に並べただけ」に見える。だけど、この歌以降、家持の歌は記録に残っていない。自分の最後の歌、そして萬葉集最後の歌が、新年の雪に祝いと祈りを読み取るものだった。……こんなの、ただの日誌に、文学的なものを見出さざるをえないじゃないか。

年のはじめに「どうかいいことが重なりますように」って祈る歌を最後の歌にする。これこそが萬葉集のセンスだと思う。奈良時代にはじめて生まれた歌集は、今年の始まりへの祝福で終わるのだ。

萬葉こぼれ話2

改元の謎が解けました

同じ萬葉集に収録されているといっても、詠まれた年代が古い歌と新しい歌の間には、140年ほどのひらきがある。今でいえば夏目漱石から村上春樹くらいの差。私たちからすると、夏目漱石といえばもう古典。お手本として扱われている。意外と時間の隔たりがあると思いません？

ちなみに萬葉集の歌が詠まれたその約140年の間に、実に10回も遷都が行われている。643年の飛鳥板蓋宮に始まり、近江大津宮や飛鳥浄御原宮、そして最後は794年の平安京……。都、変わりすぎだろとツッコミを入れたい。

しかし先日（個人的な感想になるけれど）、「令和」の始まりを迎えて、あまりにも大晦日っぽい盛り上がりを見るにつけ「うわ、やっぱり年号とか遷都とか区切りをつけるのって、なんとなくみんなの気分を上げるのに最適な方法なんや……奈良時代の人がやたら遷都してたんもわかるわ……」としみじみ理解した。

令和になった瞬間、みんな気分変えようモードになったよね!?

第三章

夜に読みたい大人の恋愛論

「突然現れる美少女」がみんな好きすぎ問題

教養あふれる
元祖ラノベ作家

今回の歌

遠(とほ)つ人松浦(まつら)の川に若鮎(わかゆ)釣る
妹(いも)が手本(たもと)を吾れこそ巻かめ

（巻五・八五七）

現代語訳

松浦の川で
若鮎を釣ってるあなたの
腕を枕にして、抱きたいなあ

も昔も、みんな「突然現れる美少女」大好き問題。
と、名付けたいのだけど大丈夫だろーか。

空から降ってくる美少女を描いた某ジブリ作品とか、ある日突然美少女の幼馴染がやってくる某漫画作品とか、現代でも枚挙に暇がない「突然現れる美少女」。実は、萬葉集にも登場する。

この歌には題詞が存在する。ちょっと長いけど見てみよう。

余暫松浦の県に往きて逍遥し、聊かに玉島の潭に臨みて遊覧せしに、忽ちに魚を釣る女子らに値ひき。花のごとき容双無く、光れる儀匹無し。柳の葉を眉の中に開き、桃の花を頬の上に発く。意気雲を凌ぎ、風流世に絶れたり。僕問ひて曰はく「誰が郷、誰が家の児らそ。若し疑はくは神仙といふ者ならむか」といふ。娘ら皆咲みて答へて曰はく「児らは漁夫の舎の児、草菴の微しき者にして、郷も無く家も無し。何そ称り云ふに足らむ。唯性水を便とし、復、心に山を楽しぶのみなり。或るは洛浦に臨みて、徒らに王魚を羨み、乍は巫峡に臥して空しく烟霞を望む。今邂逅に貴客に相遇ひ、感応に勝へずして、輙ち歎曲を陳ぶ。而今而後、豈偕老にあらざるべけむ」といふ。下官対へて曰はく「唯々、敬みて芳命を奉る」といふ。時に日山の西に落ち、驪馬将に去なむとす。遂に懐抱を申べ、因りて詠歌を贈りて曰はく。

さて、これではよくわからんと思うので、ざっくりした現代語訳がこちら！

これは僕が世俗を離れ、松浦のあたりでぶらぶらしてた時の話。玉島川のそばをめぐっていたところ、ちょうど魚釣りをする少女たちに出会った。彼女たちの、花のような、光のような姿は誰よりもうつくしかった。たとえば柳の葉を眉の中に、桃の花を頬の上に見せてくれるみたい。気分は雲をはるかに超え、魅力はこの世のものとは思えない。

僕は「どこの里の、どこの家の女の子ですか？　もしかして……神女ですか」とたずねた。

少女たちは微笑んで、答えた。

「私たちは漁師の家の子で、茅家（あばらや）に住む身分の低い者で、郷（さと）も屋敷もありません。名を言うほどの者ではありませんわ。

ただ生まれながらに水に親しんで、山を楽しむのが好きなだけ。たまに洛浦のほとりに立って、大きな魚がほしいなぁと思ったり、巫山（ふざん）の谷間で寝ころがって、楚王と神女の情事に憧れてたりするだけですわ。

なんて……こうしてたまたま立派な人に出会えて、ちょっと感動してしまってうちとけたお話をしちゃいましたね。いまから……あなたと偕老（かいろう）の契（ちぎり）（＝末永く仲のいい夫婦になること）を結ばずにはいられないんですけれど」と彼女は言った。

僕は「承知しました。あなたの御心のまま」と返した。

その時、日は山の西に沈んで、僕の馬が帰ろうとする時間になってしまった。そこで、僕は気持ちを伝えた。その気持ちを詠んだ歌を贈って、彼女に伝えたのはこういうこと……。

いやいやいやいや。歌に入る前に、全力でつっこみたい。どこのライトノベルかと。これでいいのか萬葉集。

川のほとりを歩いていたら、美少女たちがきゃっきゃうふふと遊んでいた。神仙の女性、つまりは伝説の乙女なのかと聞いてみたら、「身分が低い者ですよ、名乗るほどの女じゃありませんわ」とにっこり微笑む。が、しかし、そのあと「ちょっと私、伝説上の情事に昔から憧れていて……こんな山奥で立派な人と出会えるなんて思ってませんでしたわ！　結婚しません？」と突然言い出す。僕は「承知しました！」と答える（そりゃそうだ）。しかし日は沈み、帰らなきゃいけない時間に……ってこんなベタな妄想小説ありますか⁉　今も昔も妄想は変わらねえー、と思わず萬葉集を放り投げたくなるわ。なりませんか。私は最初この箇所を読んだ時になりましたよ。

しかしこの文章だって、ただあらすじを書いただけじゃない。この題詞の作者は大伴旅人か？　と言われているのだけど、さすが奈良時代の文芸作品、漢籍（中国の古典作品）が引用されている。一応ね、萬葉集も文芸作品ですからね。

たとえば、美少女のとある返答。

「ただ性水を便とし、復心に山を楽しぶのみなり」

こちら、意味としては「ただ生まれながらに水に親しんで、山を楽しむのが好きなだけよ」ってなもんで、まあ要は自分は身分の低い田舎者ですよ〜と言っているように見える。だけど！　この言葉をそのままの意味でとっちゃいけない。実は『論語』が下敷きになっている。

「子曰、知者楽水、仁者楽山。（子曰く、知者は水を楽み、仁者は山を楽む）」

『論語』の「雍也篇」に出てくる一節だ。というわけで『論語』がわかってる人からすると、「ああ知者（知識のある人）で仁者（徳のある人）ってわけね、要はただもんじゃないんだな……」と察することができるんである。この『論語』のフレーズがさらっと出てくるあたり教養人の証なわけだし！

ほかにも、美少女が「たまに洛浦のほとりに立って、大きな魚がほしいなぁと思ったり、巫山の谷間で寝ころがって、楚王と神女の情事に憧れてたりするだけですわ」なんて言ってるけれど、「洛浦」というのは中国の洛陽という都市を流れる洛水のあたりのこと。これは『文選』の「洛神賦」という作品の神女・宓妃（※洛水の川の女神）に曹植が出会ったエピソードをもとにしてる。さらに「巫峡」も中国の巫山の谷間で、これまた『文選』の「高唐賦」という作品に出てくる神女と楚王のエピソードを暗に指す。要は、「洛浦」も「巫峡」も中国古典で神女と出会える場所になってるってことです。

そんな単語を出されちゃ、口では「身分低いんですぅ」と言われたところで、結局きみは神女ってことやろ〜！　と男性（教養があるからわかる）側としてはテンション上がらざるをえない。

ほかにも「風流」や「光儀」。こちらは『遊仙窟』（張文成）いう、これまた神女に突然出会う中国唐代の古典作品（そんなんばっかだな……）に出てくる語彙を、そのまんま使っている。

そう、萬葉歌人は中国古典の教養がある。語彙を出すだけで、「あーあの作品ね！ハイハイそういうことね、神女の話ってわけね」とぴんと来るんである。

しかしそれにしたってこのあらすじ。教養の無駄遣いではないのか……！　と笑っちゃうが、妄想は海を越え時代を越える。「突然空から降ってくる美少女」を美しく描いた宮崎駿もいれば、「突然川のほとりで出会う美少女」を美しく語る萬葉歌人もいたわけである。

さて、あらすじがわかったところで、いよいよ今回の歌を紹介したい。

だってほら、題詞だと肝心のところを素っ飛ばして、いきなり「ケッコンしよう！」って言ってるだけやし。おいおい展開はやすぎるだろ。

遠つ人松浦の川に若鮎釣る妹が手本を吾れこそ巻かめ（巻五・八五七）

松浦の川で若鮎を釣ってるあなたの腕を枕にして、抱きたいなあ

……男性がこういう歌を詠むのは、なんとなく想像がついていたような気もするが。

さて、ここに致るまでに、神女はどのような歌を贈ってきたのか？　以下次項！

あきれてしまう男子の妄想

松浦川の神女 作

今回の歌

松浦川七瀬(ななせ)の淀は淀(よど)むとも吾れは淀まず君をし待たむ

（巻五・八六〇）

現代語訳

松浦川には、たくさん澱んでる川瀬がありますね。
でも、もしそこで川の流れが滞ったとしても、
私は滞ることなくずうっとあなたが来てくれるのを待っていますわ

回の歌。……いやいや待て待て。と、前項を読んだ方なら思うかもしれない。相変わらず男性の妄想じゃないかこれはと決めつけたくなる歌である（男性のみなさん、ごめん）。

だって、「川が澱んでも私の想いは澱まず進んでいますわ（はぁと）」って男性の夢じゃないですか！（またしても男性の妄想扱いをしてしまった。ごめん）。

って突っ走りすぎてしまった。そうです、今回は松浦川の神女と、川にやってきた僕のやりとりした歌について語るわけです。

あらすじは前項の題詞で追いかけてもらった通り。そんなふたりがやりとりした歌が萬葉集には連続して七首掲載されている。萬葉集バージョンの『天空の城ラピュタ』序盤、と考えてもらえればいいと思う。

まず、題詞のあとに掲載された歌がこちら。

漁（あさ）りする海人（あま）の子どもと人は云へど見るに知らえぬ貴人（うまひと）の子と　（巻五・八五三）

答へし詩（うた）に曰（いは）く

玉島のこの川上に家はあれど君をやさしみ表さずありき　（巻五・八五四）

訳としては、

「漁をする漁師の子供」ってあなたは僕に言いますけど、
一目見てわかったで、
高貴な家の子なんやって

という男の歌に女が答えたのはこちら。

玉島川の上流に私の家はありますけど、
高貴なあなたには恥ずかしくて言えなかったんです

これ、どうして「きみは身分低い漁師の子って言うけど、そんなことないやろ身分高いやろ！」という言葉に対して、女性は「家は玉島川にあります……」って答えてるのかと言えば。これぞ奈良時代の男女による高等・コミュニケーション・テクニック的なかけあいなのだ。

要は、「家名を名乗らなかったけど身分高いでしょ」「ええそうです」じゃ、男女の風流なやりとりにならない。本当は身分が高くとも、女性側としては「身分はあなたのほうが上なんだと思いますよ、だから恥ずかしくて言えなかったんです」とあえて下にまわるのだ。

男性を立てる……というよりも、もっと婉曲(えんきょく)的な男女のやりとり、として解釈できる。「あなたのほうが上ですよ、だから名乗らなかったんです」とにっこり微笑む女性の姿が見えてくる。

ではこの後、どういう歌のやりとりが続くのか。

蓬客(ほうかく)等(ら)の更に贈りし歌三首

松浦川(まつらがは)川の瀬光り鮎釣ると立たせる妹(いも)が裳(も)の裾(すそ)濡れぬ

（巻五・八五五）

松浦川の川瀬が美しく照って光っていて、
鮎を釣ろうと立ってらっしゃるあなたの裳の裾、濡れてるなあ

松浦なる玉島川に鮎釣ると立たせる子らが家路（いへぢ）知らずも　（巻五・八五六）

松浦にある玉島川で鮎を釣ろうと川瀬に立ってらっしゃる、
あなたの家へ行く道がわからんのやけど

遠つ人松浦の川に若鮎（わかゆ）釣る妹が手本（たもと）を吾れこそ巻かめ　（巻五・八五七）

松浦の川で若鮎を釣ってるあなたの腕を枕にして、抱きたいなあ

はい、いいですか。萬葉集の時代、女性が男性に家や名前を教えることは、共寝（ともね）、まあつまりはえーと一夜を明かすことをオッケーしたって意味です。

あかんあかん、R18指定……と思わず慌ててしまうけれども、まあ、歌を読んでみてもわかる、そういうことですよね、ハイ。18歳以下の子は読み飛ばしてね……。

いやだって「あなたの裾が濡れてる」（※うーんやらしい）から「家へどうやって

行くかわからん」（※君、さっき家は玉島川の上流って聞いてたやろ！　というツッコミは野暮）から「君の腕を枕に」（※完全にR18）ですよ。流れがそういうモードですね。

ちなみに「蓬客」とは、「ヨモギみたいに風に吹かれてころころ転がってゆくような、さすらいの旅人」の意味。自分のことをそれくらい身分不確定な人間ですよーと言ってるわけです。ちなみに前にも出てきた曹植という中国古典の詩人の「雑詩六首・其二」（『文選』所収）に「轉蓬離本根　飄颻隨長風」って表現が出てくる。風に吹かれるヨモギってイメージが漢文によく出てくるところから、生まれた言葉だ。

じゃあ、この歌に彼女はどう返したのか。

娘等の更に報へし歌三首

若鮎釣る松浦の川の川浪の並にし思はば吾れ恋ひめやも

（巻五・八五八）

若鮎を釣る松浦川の川「波」……じゃないけど、「並」の想いであなたを想うなら、私はこんなにあなたへ恋焦がれることなんて、ありますか？

春されば吾家（わぎへ）の里の川門（かはと）には鮎子さ走る（ばしる）君待ちがてに
（巻五・八五九）

春になると、私の家のある里の川の渡場に子鮎が泳ぐんですよ。
まるであなたを待ってるみたいに……

松浦川七瀬の淀は淀むとも吾れは淀まず君をし待たむ
（巻五・八六〇）

松浦川には、たくさん澱んでる川瀬がありますね。
でも、もしそこで川の流れが滞ったとしても、
私は滞ることなくずうっとあなたが来てくれるのを待っていますわ

完全に、あなたをお待ちしておりますわモード。三首目は今回の歌ですね。
いやはや。もはや言うことはない、お幸せに……と読者がぱたんと萬葉集を閉じかけたところで、こんな歌が載っている。

後の人の追ひて和へたる歌三首　帥の老(そちろう)

松浦川川の瀬早み紅(くれなゐ)の裳(も)の裾濡れて鮎か釣るらむや

（巻五・八六一）

松浦川の川瀬の流れは速いから、
あの時と同じように、今も瀬に立つ女の子は、
赤い服の裾を濡らしながら鮎を釣るんやろか

人皆(ひと)の見らむ松浦の玉島を見ずてや吾れは恋ひつつ居らむ

（巻五・八六二）

人が皆眺めているはずのその松浦にある玉島を、
眺めることなく俺は大宰府でただ恋しがってるだけやわ

松浦川玉島の浦に若鮎釣る妹らを見らむ人の羨(とも)しさ

（巻五・八六三）

松浦川の玉島の浦で、
今も若鮎を釣る女の子たちを見てるやつらが羨ましいわあ

「帥の老」とは、令和の元ネタにもなった「梅花歌三十二首」のときにも使われていた通称なのだけど、大伴旅人のこと。そう、ここは「後の人」つまりは後に聞いた人である大伴旅人が付け加えた三首を載せている。

つまりは、今まで読んできた「松浦川でのやりとり」の歌たちは大伴旅人が伝説として聞いてきた歌であって、その感想として「ええなあ」という大伴旅人の感想の歌を載せてみた、という構成となっている。

まあこんな都合いい美少女の歌、伝説ですよね、そりゃそうだ、神女とのやりとりだもん！　と読者としてはうんうん頷きたくなる（大伴旅人の「ええなあ玉島川で女の子と出会えるやつら」という素直な感想よ！）。しかしこれらにはそもそも「松浦川」という川にまつわる伝説が元ネタにある。

というのも、『古事記』には神功皇后が玉島川で自ら御裳の糸を抜いて、飯粒を餌として鮎を釣った……という逸話が書かれている。さらに『日本書紀』では新羅の国を攻めるかどうかという時に占いをして、神功皇后が吉兆の鮎を手に入れた、という話が綴られている。そんな伝説から、松浦川の女たちは四月上旬になると鉤（釣り針）を川の中に投げ、鮎をとるようになったんだ、という所以があったりする。

だからこそ、松浦川＝女性の鮎釣り、という常識があったり、どこか神秘的なイメージが重なる。それゆえに大伴旅人が「松浦川といえば、こんな伝説を聞いたんだけど……」と言っても、そのまますんなりと受け入れられるんである。土地にまつわる伝説やらイメージは強い。

ちなみにこれまで読んできた通称「松浦川に遊ぶ序と歌」は「梅花歌三十二首」と合わせて、大伴旅人が吉田宜という友人に贈った、と萬葉集には綴られている。だから、萬葉集研究者のなかでは「この松浦川の男女のやりとり、全部が旅人の作った歌なんじゃゃ……」という説が広まっている。そうだとしたら、あまりにも妄想たくましくてちょっと笑ってしまう、けれど漢文の教養込みの筋立てなど、一般ピーポーが書いたもんだとも思えない。やっぱり、神女の歌も、全部旅人の妄想なのか。そう思って読むと、また違った読み方ができて、やっぱり笑ってしまうね。

下着と眉毛のおまじない

ジンクスに頼りたい恋する乙女

今回の歌

君に恋ひうらぶれ居(を)れば悔しくもわが下紐(したびも)に結ふ手いたづらに

（巻一一・二四〇九）

現代語訳

あなたに恋をして切なくなってると、悔しいんやわ、自分で下紐を結びなおす自分の手が、むなしくなってくるんやわ

乙女の恋心は、いつでも魔法を信じたい！

……というと突然萬葉集の話から変わったんじゃないかと思われそうだけれども、今回もばっちり萬葉集のお話である。

前項では男性の妄想は奈良時代から変わってねえ！　という話だったけど。女性の妄想も、奈良時代から変わっていないのである。

女性が一度はハマる妄想。ほら、小学生のとき夢中になりませんでした？「おまじない」ってやつに！

萬葉集の時代、恋にまつわる「おまじない」が信じられていた。たとえば……今回の歌。恋をして切なくなってくると、悔しくなってくる。自分で下紐（したひも）（下着の紐のこと。表面から見えない下裳（したも）や下袴（したばかま）などに付けてある紐のことね）を結ぶ自分の手が、むなしい……。

ってどういう意味かというと、この歌の背景には「下着の紐が勝手にほどけると、好きな男性が訪ねてきてくれる」というおまじないのような信仰があった。

当時は「通い婚」、つまり女性の家へ男性が通う結婚が通常だった。すると女性としては、自ら男性の家へ訪ねることはできない。男性が来てくれるのを待つのみ。今みたいにLINEもないし、まあそりゃ乙女のおまじないが流行るわな！（ちなみに乙女の間のみならず老若男女みんな信じていた）。

というわけで、下着の紐がはらり、とほどけると、「あの人がやってくる予感！」とわくわくするのが当時の考え方だった。意外と露骨なおまじないだ……。

ちなみに萬葉集には、下紐にまつわるおまじないめいた習慣がよく登場する。たとえば男女が一度離れるときにお互い下紐を結び合うとか、下紐になにかを着けることで恋人の存在を強調するとか。

二人して結びし紐をひとりして我は解き見じ直(ただ)に逢ふまでは　（巻一二・二九一九）

二人で結んだ下着の紐をひとりで解いたりせえへんで、
あなたに直接会うまでは

忘れ草我が下紐に着けたれど醜(しこ)の醜草言(しこぐさこと)にしありけり　（巻四・七二七）

恋心を忘れるって言い伝えのある「忘れ草」を
俺の下紐に着けたんやけど、
あほあほあほか、
忘れられるって言葉は嘘やん

愛し(うるは)と思ひし思はば下紐に結ひ付け持ちて止(や)まず偲(しの)はせ　（巻一五・三七六六）

私をいとしいって思うんやったら、
贈り物を下紐に結んで、
いつでも私のこと思い出してな

はい、恋の歌に下紐大活躍！　まぁそりゃそうだよな、下着の紐だもんな……露骨にそういう意味だよな……（萬葉人はそのへん隠さない）。と納得してしまうけど、このおまじない、もとい信仰の流行は、とくに乙女に限った話ではない。男性側も、こんなふうに歌を詠んでいる。

我妹子し我を偲ふらし草枕旅の丸寝に下紐解けぬ　（巻一二・三一四五）

かわいい奥さんが俺を想ってくれてるんやろな。
旅先で着物のまま寝たら下着の紐がほどけたで

男性側もがんがん信じる！　「下紐が解けるほどに相手が自分を想ってくれている」と解釈している。旅先でほどけるくらい、君は僕を想ってくれてるんだね、と女性を信じる男性もかわいらしくてよいものだけど。
さらにはこんな歌もある。

眉根掻き鼻ひ紐解け待つらむかいつかも見むと思へるわれを　（巻一一・二四〇八）

眉を掻いてくしゃみをして下着の紐がほどけて、
待ってくれてるんやろなあ……

いつになったら会えるんかなあって思ってる俺を

「紐解け」はもちろん「会いたいと思ってる気持ちが届くこと」。その前に書かれている「眉根掻き鼻ひ」とは何か。

さきほど紹介したように、この時代、眉がかゆい＝好きな人に会える前兆と思われていた。さらに、くしゃみをする＝好きな人に会える前兆だった。ということは、眉がかゆくて、くしゃみをする！　ほらもう会える前兆×2！　さらに紐まで解けた！　会える前兆×3になった！　というわけで、きみは俺のことをめっちゃ待っててくれるんやろなあ、だって俺はきみに会いたがってるからなあ。と、悦に入る……というか、にやにやしている男性の歌なのでした。

いや、にやにやしている、は私の妄想だけど。でもにやにやするでしょこんなん。俺に会いたがってくれてるんやろな〜もうすぐ会いに行くで〜と、「おまじない」を使って詠んでるわけだから。楽しいだろ絶対。

さらに眉がかゆくなる＝会える前兆、といえば、そんなおまじないがあるからこそ、人工的に会う前兆を作る人がいましたね⁉

暇なく人の眉根をいたづらに掻かしめつつも逢はぬ妹かも　（巻四・五六二）

休まず眉をとにかく掻いてるのに、全然きみに会えへんわ

やっぱり笑ってしまうのだけど、もはや、かゆくなくても「暇なく」眉をとにかく掻いてみる！　会える前兆を自ら作ってゆくスタイル！

好きだよ、この姿勢。だけど「妹」つまり愛しいあなたには会えないらしい。残念。

まあこれは男性から女性への歌なので、おそらくは「そんだけ会いたいと思ってるんだよ〜」的なアピールの歌なんじゃないかな、と思う。

こんな歌を贈られたら、そりゃ笑っちゃうし、会ってなくても許しちゃうんだろうなー！


ちなみにこの「眉がかゆい＝好きな人に会える」おまじないはどこから来たかといえば、中国古典の恋愛文学『遊仙窟』に「昨夜眼皮瞤　今朝見好人（昨日の晩、目の

上がかゆかった、すると今朝あの人に会えた）」という一文があるから、やっぱり漢籍（中国古典作品）の影響なんじゃないか～？　と言われている。

えっ、そんな一冊の作品で影響力があったりするの？　と首を傾げられそうだけど、『遊仙窟』は前に紹介した松浦川の伝説にも影響を与えてたり、わりと当時みんなが読んでいた作品らしいのだ。（どんな作品かというと、恋愛の話で、中身はけっこうやらしい……と言ってしまってはえらい先生に怒られそうだけども。ありきたりな恋愛物語にとどまらない内容であることは間違いない！）。

というわけで、眉がかゆい＝会える、のおまじない発祥地は中国か？　と言われている。もちろん『遊仙窟』だけじゃない、いろんな作品のなかで出てきた言い伝えだったからみんなに知られていたのかもしれない。しかしこんなおまじないが、国を越え、はるばる日本へやってきて広がったかと思うと、思いもよらないところで文化的影響があるものだ。

たかがおまじない、されどおまじない、なのである。

センテンススプリングも驚きの恋愛スキャンダル

今回の歌

世の中の女（をみな）にしあらば
直（ただ）渡り痛背（あなせ）の川を
渡りかねめや

（巻四・六四三）

現代語訳

私が世間一般におる
ふつうの女の人やったら、
あんたのところへ行ける
あなせの川を渡ることを
ためらったりせんのに……

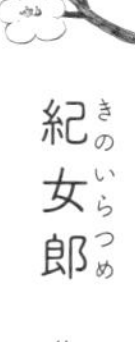

紀女郎（きのいらつめ）作

回はあれです、失恋女子の歌です。
今まではハッピーエンド風味だったり冗談風味だったりする相聞歌をご紹介してきたけれども、がっつり失恋モードですよ！　傷心女子いらっしゃい。
萬葉集には、意外と男女の怨念が詰まった歌も多く収録されている。それも、感傷に浸ってしくしく泣くというより、もっと直接的に怒りと悲しみを表現する歌。なんたって、ここで紹介するのは「紀女郎の怨恨の歌三首」である。「怨恨」ってすごくないか、「怨恨」って。えんこん、要はうらみつらみの歌なのだ。

　では実際に歌の中身を見てみると。

「痛背川」の意味にはいろんな説があって、たとえば鹿持雅澄（かもちまさずみ）（江戸時代、私と同じ地元の高知県でがんばって萬葉集を研究していた人なのだ）が書いた『萬葉集古義』という本では「痛足川」の間違いでは？　と言ってたりする。「痛足川」なら三輪山のふもとを流れる巻向川（まきむくがわ）の別称だからね。

　しかし別の説では、むしろ「あな背」つまりは「ああ、あなた」という意味と掛けているのか？　とも言われていて。「あな」は「ああ」という意味、「背」は「夫（せ）」という意味があるから。個人的にはこっちを推したいので、「あなたのところへ行けるあなせの川」くらいに訳してみた。

あなたのところに行くために、川を渡りたい。でも、渡れない。渡るのをためらっちゃう。もし、私が世間並みのふつうの女だったら、渡ってゆくのに……。

自分は並の女ではないから、あなたのもとにやすやすと行くことはできないのよ、という女の歌だ。裏を返せば、私がふつうの女じゃないから、失恋したのよ、と詠んだ歌である。

ちょっとプライド高いというか、「もしもっと素直だったらあなたを泣いてひきとめるのになあ」と言いそうな、素直になれないお姉さんの失恋歌なのだけど。

いったい紀女郎はどなたに対して川を渡りたいと言っているのか……。ここには注がついていて、「鹿人大夫（かひとだいぶ）が女（むすめ）、名を小鹿（をしか）といふ。安貴王（あきのおほきみ）が妻なり」と書かれている。この注があるからこそ、これは安貴王にまつわる「怨恨歌（えんこんか）」ではないか、という説があるのだ。安貴王といえば、萬葉集上では一大スキャンダルな男性だ。こんな歌が載っているから。

安貴王の歌一首、また短歌

遠妻(とほづま)の　ここに在らねば　玉ほこの　道をた遠(とほ)み　思ふそら　安からなくに
嘆くそら　安からぬものを　み空行く　雲にもがも　高飛ぶ　鳥にもがも
明日(あす)往きて　妹(いも)に言問(ことど)ひ　吾が為(ため)に　妹も事無く　妹が為(ため)　吾も事無く　今
も見しごと　たぐひてもがも
（巻四・五三四）

遠くにいる妻がここにおらへんから、距離の遠さに、恋する心は安らかにならへんし、嘆く心も苦しいんよ。大空を行く雲でありたいもんやで。高く飛ぶ鳥でありたいもんやで。明日にでも妻のもとに行って、妻と語らって、妻もおだやかで、今も想像してるみたいに、ふたり寄り添ってたいなあ

反歌

しきたへの手枕(たまくら)まかず間置(あひだ)きて年そ経(へ)にける逢はなく思へば
（巻四・五三五）

腕枕もできへんで、遠く離れたまま年がすぎてしもうたなあ。
あなたに会えへんことを思うと

右、安貴王、因幡八上采女を娶り、係念極めて甚しく、愛情尤も盛なり。時に勅して不敬の罪に断じ、本郷に退却く。是に王意悼怛、聊か此歌を作めりと。

右、安貴王が因幡八上采女と結婚したが、愛情がすごく強かった。しかし、勅命がくだって、王は処罰を受け、ふたりは離れ離れになった。これを悲しんで歌を作ったという。

はいこちら、因幡八上采女と恋愛関係になってしまった安貴王。しかし采女といえば天皇や皇后の身の回りのお世話をする女官。つまり関係を持つのはタブー！　しかし安貴王は采女と結婚してしまう。当然、スキャンダルになる。処罰を受けた安貴王は官職を奪われ、都を追放されてしまう……が、それでも采女への気持ちが残っているから会いたいな、という歌なのだ。

しかし問題なのがこのタブースキャンダル騒動、安貴王と紀女郎が結婚した後の出来事なのではないか、ということ。つまりは、自分と結婚しておきながら、そんな若き女官とスキャンダルを起こした安貴王だからこそ紀女郎は「怨恨歌」を詠んだのか……？　センテンススプリングも驚きのどろっどろした展開になってくる。

まー実際は、さすがに歌と騒動の年代が合わないのでは？　という指摘もある。あとは若い頃のスキャンダルが有名な安貴王の妻として、宴会で紀女郎が要請されて詠んだ歌かもしれない、という解釈もある。

紀女郎の歌は、このあと二首続く。

今は我(あ)は侘(わ)びそしにける息の緒(を)に思ひし君をゆるさく思へば　（巻四・六四四）

今となってはつらいばっかりや。命の綱だと思ってたあんたを、手をゆるめてはなさなあかんようになるなんて

現代語の「ゆるす（許す）」は、「ゆるめる（緩める）」「ゆるくする」からうまれた言葉。つまりそれまできつく綱で縛っていたところを、ゆるくする、手をゆるめては

なすというのが本来の「ゆるす」の意味なのだ。

そんなわけでこの歌の「ゆるさく思えば」は、原義の「手をゆるめて放す（離れる）」という意味。それまで命の綱としてぎゅっと握っていたあなたを、ゆるめて手放さなきゃいけない、そんな日がくるなんて「侘ぶ（＝悲しいと思う）」よ！　と。

白妙（しろたへ）の袖別（そでわか）るべき日を近み心にむせび音（ね）のみし泣かゆ

（巻四・六四五）

あんたの袖と別れる日は近いなあ、やから私の心はぎゅっと悲しさで詰まるし、

声を上げてわんわん泣いてばかりおるわ

「袖別る」は、恋愛の別れの慣用句。つまり、それまで袖と袖を枕にしたり絡ませたりしていたところを別れなきゃいけない状況ってこと。誰の袖と袖かはわかりますね、ええ。紀女郎と恋の相手の袖ですよ。

あと現代でも「むせび泣く」って言うけれど、あれは本来「むせぶ＋泣く」って意味で、「むせぶ＝心の中の悲しさが喉にウッと出てしまうこと」と「泣く＝声を上げ

てわんわん泣く」のふたつの過程を足した表現なのである。まあだから心でむせび音で泣く、ってつまりはめっちゃ悲しくて泣いちゃう、ってことなんだな。

THE失恋の歌という感じで、元気出せよ紀女郎……と肩をぽんぽん叩いたげたくなる歌たちだ。一首目ではまだ「川を渡るのをためらう」くらいだったのに、二首、三首目でさらに別れを決意しちゃって！　もう！　女友達だったらビールでも飲もうぜ～と誘いたくなる。元気出してほしい。歌も上手いし、たぶん教養あるきれいなおねーさんなんだよ、紀女郎は……だけど、だからこそちょっと調子のいい安貴王みたいなやつに泣かされちゃうんだよ……と私は妄想してしまう。紀女郎は元祖・プライド高いけど実は乙女なアラサー女子の代表である（いや、紀女郎の正確な年齢はわかってないいんだけど。ごめん）。

が、実は、紀女郎には後日談がある。さすが萬葉集、アラサー女子を失恋させて終わらせねえ。この後、大伴家持と出会って恋歌を交わすことになるのだ。

なんと、若い頃のダメ男に失恋してからの離婚↓年齢を重ねてからの若い男の子との恋である。アラサー女子の味方のよーな展開（なんじゃそりゃ）。

長くなるので、以下、次回!!

年下男子もわるくない

紀女郎 作

今回の歌

戯奴（わけ）がため
我が手もすまに
春の野に抜ける茅花（つはな）ぞ
召して肥えませ
（巻八・一四六〇）

現代語訳

わざわざあんたのために
私が休まず
春の野でとってきた茅花やで、
ほら食べて太りや～

プライド高いけど思ったことを相手に言えない、そのうえ結婚した相手はまあまあアホだった！　ちくしょう、千三百年後まで残るセンテンススプリングなスキャンダル出しやがって！　という不憫な失恋女子・紀女郎。しかし紀女郎は美人（たぶん）で歌も上手い（これは確実）ので、次の恋があるのです。

やっぱり女性は若い頃なんて何もわかってないし、年齢重ねてからが本番だよな、としみじみ感じさせてくれる萬葉集である。ほんまに。男も女も皆読むべき。

というわけで、紀女郎から若き大伴家持に贈った歌が、今回の歌になる。

歌を見てほしい。「戯奴」と書いて「わけ」と読むこの呼び方。「わかい人」みたいな意味で、からかって下に見たニュアンスだ。現代風に言うと「ぼうや」とか……？古いか。ちなみに「戯奴」と漢字をあてたのは紀女郎のセンスらしい。「戯れの奴」、完全に家持をからかっとるやんけ！　とツッコミたくなる漢字だけど、それもまたふたりの関係性がわかる箇所である。

家持は（とくに若い頃）やせていたみたいで、ほら自分のとってきたものを食べさせたげるから太りや、と言われているあたり、めっちゃ若くてかわいい男の子っぽさがある。茅花は春に芽を出す段階だとたけのこのようなもの、つまりは食用らしい。今で言えば「あんた細いなあ、おごったげるから食べや」と事務職の年上女性から言われてる新卒総合職の男の子みたいな情景である。

なんか、まあ、さっきも言ったけどやっぱり関係性のわかりやすい歌だなと思います……。食べて太りなよ、って和歌で言われている家持、たぶんからかいがいのある可愛らしい男の子だったんでしょう……。

ちなみに踏み込んだ解釈をすると、こちらは中国最古の詩集『毛詩』(国風・邶風)に載ってる「静女」という漢詩を元ネタにしてるのでは、って説がある。私はかなりこの説推し。というのも、「静女」のなかにこんな部分がある。

自牧歸荑　牧より荑を歸れり
洵美且異　洵に美しく且つ異なり
匪女之為美　女を之美しと為すに匪ず
美人之貽　美人の之れ貽ればなり

(『毛詩』国風・邶風)

ある女性が野原からつばなを贈ってくれた
それはとても美しく珍しい花だった
でもその花が美しいのではない
美しい人が贈った花だから美しいのだ

彼女は荑（つばな＝日本で言う茅花、チガヤの花穂(かすい)。つまりは紀女郎が詠んだ花のこと）を採って送ってくれた、だけど荑が珍しいから嬉しいってわけじゃなくて、美しい女性から送られたから嬉しいんだよ！　という「結局美人の贈り物だったらなんでもいいんかーい」とぼやきたくなる漢詩である。素直なんだかなんなんだか。

でも、この漢詩を紀女郎が元ネタにしてるとすれば、なかなか面白い話になる。つまり紀女郎としては「茅花を美人がとってきたから嬉しいって漢詩知ってるやろ？ほらあんたも嬉しいやろ？」と、

①自分が美人であると示す
②ついでにさらっと漢詩を元ネタにできるくらい教養のあることを示す

という二重トラップ、じゃなかった、テクニックが光る歌っつーことになる。さすがっす紀女郎。安貴王に失恋したときからキャラ変わってなさそう。ただし年齢重ねたほうが輝く女ですね。

で、この歌に飽き足らず、紀女郎は家持にもう一首贈っている。

昼は咲き夜は恋ひ寝る合歓木の花君のみ見めや戯奴さへに見よ　（巻八・一四六一）

昼は花ひらいて夜は恋して眠るっていうねむの花、
主人の私だけが見てええもんかしら、あんたも見いや

紀女郎、「戯奴」って呼び方を気に入ってるやーん！　と言いたくなるね。しかし呼び名は変わらないのに関係はより進む。

というのも、合歓木の花は、そもそも夜になると花が閉じる（今の言葉でいうと「就眠運動」というやつ）。表面的には、合歓木の主人である私（「君」って言ってるけれどこれは相手のことじゃなくて、主君の自分、って意味です）だけ見ていいのか、

いやあなたも見なよ、と「花を見ることを誘う」だけに読める。

だけど、ここまで来るとうすうす勘づいているかもしれないが、「合歓木」もまた、漢詩で男女の恋愛のことを歌うときに使われる花なのである。

たとえば漢詩に「合歓の枝」という言葉が出てくる（例：『玉台新詠（ぎょくだいしんえい）』巻九・春別応令四首其二・東湘王繹（とうしょうおうえき））。こちら「合歓」っていう名前からして察せられてしまうのだけど、つまりは男女がそういう意味で仲良しになることを詠むときに出てくる花、それが「ねむの木」になる。

となると、紀女郎の「合歓木を見るのは私ひとりじゃだめよ、あなたも見なさいよ」と言ってるのは、お誘い以外の何物でもない。あからさまやんけ！　しかも合歓の主人が自分やと言ってるあたり、キャラのぶれないおねーさんである。ちなみに萬葉集には、この二首を、合歓の花と茅花を折って添えて贈った、とある。

で、これに対して若き家持が返したのがこんな歌。

我が君に戯奴（わけ）は恋ふらし給（たば）りたる茅花（つばな）を食（は）めどいや痩せにやす　（巻八・一四六二）

私の主人に私は恋しているみたいです、
だってもらった茅花を食べましたけど痩せましたもん

我妹子（わぎもこ）が形見の合歓木（ねぶ）は花のみに咲きてけだしく実にならじかも（巻八・一四六三）

あなたがくれたあなたの代わりみたいな合歓木は、
花だけ咲いて、たぶん実にならへんのでしょ

一首目も二首目もちゃんと紀女郎の歌に対応しきってる感じが、真面目というか、若さを感じる……。なんというか、ほら、現代のＬＩＮＥでも、会話をぜんぶ拾わずてきとーに返信するよりも、こっちが発したひとつひとつの発言へ律儀に返すほうが生真面目で若い感じしません？　あれと同じだと思うな私は。

というわけで、一首目は、もちろん紀女郎の「食べて太りなよー」への返答。あなたへの恋で胸いっぱいで、ますます痩せちゃいましたよ、と。可愛らしい男の子とし

てはなかなかよろしい回答なんじゃないでしょうか。紀女郎のことを「我が君（私の主人）」なんて言っちゃってるあたりも可愛らしくてよろしいですね。（よろしいって、何目線なんだ私は）。

だけど二首目は、「あなたの合歓木なんて、結局実にはならんのでしょ」とちょっと拗ねた様子。これってつまりは「結局口で誘っても、冗談ばっかかで本気にはならんのでしょ」ということである。

かーわーいー。と、女子会だったらわーきゃー騒いでしまいそうな一首である。ばっちり『毛詩』や『玉台新詠』のような元ネタもわかってそうだし。教養の高さも可愛げも合格点をあげたい。ますます私が何目線なんだと言われそうだけれども。

しかし、まあこんなことを言っておいて、家持にも当時、幼馴染で結婚相手の坂上大嬢というお相手がいた。第一章で紹介した坂上郎女が心配した娘こと坂上大嬢だ。紀女郎による家持への掌握力を見ていると、母が娘の結婚を心配するのも無理はないのかもしれないが、紀女郎へ贈った一四六三番のあとに載っている一四六四番は、坂上大嬢に贈った歌になっている。まったく。

まあでも紀女郎と大伴家持はこのやりとりに留まらず、こんないいかんじの歌も贈りあっている。まずは紀女郎から。

神さぶと否にはあらずはたやはたかくして後に寂しけむかも　（巻四・七六二）

もう歳とったから拒否するわけやないよ、
ひょっとしたらこんなふうに拒んだ後に寂しくなるのかもね

おそらくまだ三十代くらいだった紀女郎だけど、でも「神さぶ＝年老いる」と言わなきゃいけない世の中だったのだ。悲しい。で、たぶん家持のことを一旦拒否したんである。でもそれは私が歳とってるからというわけじゃないよ、と……。
相変わらずプライドは高いけど、でも、なんだか切ないような、可愛いような、いい歌だなと思う。

玉の緒を沫緒に搓りて結べれば在りて後にも逢はざらめやも　（巻四・七六三）

玉の緒を沫緒によりあわせて結んでるから、
長く生きてればいつか会えるって

「在りて後にも」つまりは「生き長らえれば」とか言うあたり、やっぱり年上の余裕を見せたい（ように見える）紀女郎。これに対して家持はこう返す。

百年（ももとせ）に老舌（おいしたい）出でてよよむとも吾は厭（いと）はじ恋は増すとも

（巻四・七六四）

あなたが百歳になって
おばあちゃんみたいに舌が出て、腰が曲がっても、
嫌になったりせえへんで、
ますます恋しくなることはあるかもしれんけどな

ひえー、きみはジャニーズかなんかなのかーと言いたくなってしまう年下男子・家

持のこの返答。冗談にしてもちょっとド直球すぎて小っ恥ずかしい。でもこの歌をもらった紀女郎は笑っちゃったんじゃないかな。他人から見たら恥ずかしい歌だけど、でも年下からこんな歌をもらったら、若くてかわいくて、笑っちゃうようなくすぐったさがある気がする。……のは行き過ぎた妄想、いや願望かも。

ちなみに当時、家持は内舎人（うどねり）という、天皇へ仕える官職に就いていた。だからこそ遷都した先である恭仁京（くにきょう）へ、結婚相手の坂上大嬢を旧都に置いて、単身赴任でやってきた。おそらく同じく官職に就く女性だった紀女郎もまた、恭仁へやってきていたのである。

だけど平城京へ都が戻ってきてから（これがわりとすぐ戻るのだ）、ふたりの歌のやりとりは萬葉集に掲載されていない。だからこのふたりのやりとりは、家持の若い頃の年上女性との恋愛……くらいに紹介されやすい。でも、個人的には紀女郎の、安貴王とのやりとりを経ておねーさんになってからの恋愛として読みたいなあ、と思う。主役は家持じゃなくて、紀女郎なのだ。

だって彼女がこんなに教養とユーモアのある歌を詠めるのは、おそらく若い頃に蓄えた知識と知恵の賜物（たまもの）なんだもの。歳をとってからのほうが、素直で切なくて優しい歌になっている。

うん、いい話だと思いませんか。

教養ある美魔女
額田王

萬葉集の、いや日本文学史の永遠のヒロインこと額田王！ ちなみに萬葉集最初期の重要歌人。生年月日はわかっていないけれど、天武天皇の后で、十市皇女（とおちのひめみこ）の母であったことはたしからしい。

彼女といえば、やっぱり「あかねさす紫野行き標野行き野守は見ずや君が袖振る（巻一・二〇）」が有名なわけだけれども。この歌が萬葉集に載ったがために「天智天皇・額田王・天武天皇」という兄弟間でバチバチ争われる不倫系美女というイメージがついてしまった、まさかのびっくりヒロインでもある。

が、あんまりこれは知られていないことなんだけど、額田王が天智天皇に愛されたというお話は……萬葉集以外のどこにも載っていないんである。『日本書紀』に天武天皇の妻だとは書いているのだけど、天智天皇と額田王の関係についての記述は、無、である。

それがうっかり萬葉集に大海人皇子（後の天武天皇）とのやりとりが載り、ただでさえ史料の少ない古代史、天智天皇との噂がまことしやかに後世へ伝わることになっている……というのが本当らしい。しかも二人のやりとりの和歌、前章で書いたけどガチのマジの不倫じゃないし。どうやら年とってからの宴会お遊び歌らしいし。おいおーい。大海人皇子もうっかり「紫草のにほへる妹を憎くあらば人妻ゆゑにわれ恋ひめやも（巻一・二一）」なんていうがっつり名作な恋の歌を返すからこんなことに。

お二人の歌が上手すぎて、不倫関係が本物だったらいいのにな〜と二次創作をつくりたくなっちゃう後世の人たちの気持ちも、わかる。まあ現代でも、いい恋愛ドラマを見て、フィクションだとわかっちゃいるけど、主役のカップルを演じてる二人が現実でも付き合ってればいいのにな~と妄想しちゃう瞬間、あるもんな……。

しかし萬葉集の代表歌人を張るだけあって、やっぱり彼女の歌にはいいものが多い。たとえばこんな歌。

君待つとわが恋ひをればわが屋戸(やど)の簾(すだれ)動かし秋の風吹く

(巻四・四八八、巻八・一六〇六 ※萬葉集中二カ所に掲載されている)

あなたを待って恋いこがれてたら、
うちの家の簾を動かして秋風が吹いたんよ

額田王が天智天皇を想い詠った恋歌、として萬葉集には掲載されている。

ほんまかいな、とツッコミを入れるのも忘れないようにしたいけど、でもやっぱり胸キュンしてしまういい歌だと思う。

当時は通い婚だったから、男性に会えるのは男性がやってきてくれる時だけ！　そんななか秋風とともにやってくる天智天皇！　少女漫画っぽい！　まあこの歌で詠まれてるのは「あなたが来たかと思ったけど来たのはあなたじゃなくて秋風でした」って話なんだろうけど。それでも少女漫画っぽい（ちなみに先ほど述べたように、漢詩にこういう表現がある）。

個人的な印象なのだけど、額田王の詠む歌って、どこかモチーフがかっちりあって、ちょっと大げさで派手で、少女漫画っぽいのである。大和和紀が漫画化するのも頷ける（※『天の果て地の限り』名作だからぜひ！）。

たとえば彼女の姉だとされる鏡王（かがみのおおきみ）女の歌がこれと一緒に載っているのだけど。

風をだに恋ふるは羨（とも）し風をだに来（こ）むとし待たば何か嘆かむ

風が吹いただけでも恋できるなんて、うらやましいなあ。
風が来ただけで好きな人が来たかもだなんて期待できるんやったら、なにを嘆くことがあるん。——うちなんて好きな人が来ることないやろから風吹いても何の期待もないわ

（巻四・四八九、巻八・一六〇七）

こ、これはこれでいい歌だけど、少女漫画でいうとちょっと地味系ヒロイン！　控えめ自信ない系ヒロインの詠んだ歌っぽいの、わかるだろうか。額田王と対比するとわかりやすいかも。なんとなく額田王のほうが派手で自信がみなぎっているらしい。

ちなみに萬葉集では、鏡王女と天智天皇が恋愛の歌を交わしてたりするので（巻二・九一、九二）、天智天皇の妻だったんじゃないか、と考えられている。が、しかし彼女はそのあと藤原鎌足（ふじわらのかまたり）と結婚して歌をやりとりしてお

り（巻二・九三、九四）、天智天皇と結婚したあとに鎌足の妻になったのか～？　と言われているんである。鏡王女も萬葉集の中心人物ヒロインなんだ。
ついでに鏡王女の歌も見てみよう。まずは天智天皇の相聞歌への返歌から。

秋山の樹（こ）の下隠（したがく）り行く水の我こそ益（ま）さめ思ほすよりは　（巻二・九二）

秋の山の、木々の下をひそかに流れる川の水みたいに、
表面上は出なくても、会いたいですって気持ちは
私のほうが勝ってますよ、
あなたが思っているよりも……

か、かわいい～～。地味だけどかわいい～～。一貫して控えめ系ヒロインなんだけど、「隠り行く水の我こそまさめ」とか、なかなかきれいで印象のいい比喩だなぁ、とキュンときてしまう。この歌いいよなぁ、教室で目立た

なくともファンが多いタイプではなかろーか。私もファンだ。

玉櫛笥覆ふを安み明けていなば君が名はあれど我が名し惜しも

（巻二・九三）

櫛箱に蓋するみたいに、私たちの仲を隠すのは簡単やって、櫛箱を開けるみたいに夜が明けきってから帰ったら、あなたはともかく私に噂が流れるでしょ、そんなのいやです

いやこんなこと言われたらむしろ帰れないでしょ⁉　と私ならあたふたしてしまう……。これは藤原鎌足に求婚された時の歌。噂が流れるからはよ帰ってくださいよ、という歌なのに、その比喩がよりにもよって「玉櫛笥の蓋をする」ってかわいいなおいおい、と素人目にはキュンとくる。櫛箱、って今で言うとコスメ収納箱。朝、自分がおしゃれをするときに開ける箱に蓋す

るみたいに、私たちの関係にも蓋するなんて……。っていうの、なんだか女らしくてキュンときませんか？「蓋する」喩えを使いたいなら、もっとがさつな比喩もあっただろうにね！　コスメの箱って。かわいい。

しかしこんなふうに鏡王女のほうにもいい歌があるのだけど、しかしなぜか一般的な知名度だと額田王のほうが圧倒的に強いのは……歌の強引さの問題だろうか。やっぱり派手なほうが有名になるのだろーか。

額田王と鏡王女。伝説だと姉妹にあたる二人の歌は、詠んでいるとそれぞれの恋愛観というか、もはや性格の違いが鮮明にわかって面白い。派手で大胆だけど根は繊細な額田王、対して控えめでやさしいけれど根はどっしり肝の据わっている鏡王女。

萬葉集的に読むと、天智天皇は鏡王女から額田王に乗り換えたらしい。ほんとかどうかはともかく、そういうキャラ設定にしたい気持ちは、歌を詠んでいると、なんだかたいへんよくわかる。

萬葉こぼれ話3

カテゴリ分けされるような、されないような

萬葉集には、「部立（ぶたて）」というカテゴリに分類されている歌がある。主なものはこんなところだ。

雑歌：行幸や宴席や遊覧など「ハレの日」の歌や、天皇御製歌など、雑多な状況で詠まれた歌。

相聞：親しい間柄で心情を伝え合うために詠まれた歌。ほとんど恋愛の歌。

挽歌：人の死に関連する歌。故人を想う際に詠まれたものなど。

しかしほかにも「譬喩歌（メタファーを使って詠む歌）」や「問答歌（二首一組で成立する応酬された歌）」など、さまざまなカテゴリが記載されている。

私はたまに萬葉集を「生き物っぽいなあ」と思う。全編が「雑歌・相聞・挽歌」に分けられていればきれいだけど、実際はそうではなく、うねうねといびつに成長しながら今の形になったように見えるからだ。

整理整頓されていないからこそ、こんなにも多様で混沌とした歌集なのだろう。

第四章

表現は萬葉歌人に学んでみよう

想いを美しくコーティングしてみて

鏡王女（かがみのおおきみ）作

今回の歌

秋山の樹（こ）の下隠（したがく）り行く水の我こそ益（ま）さめ思ほすよりは

（巻二・九二）

現代語訳

水かさが増す秋山の川みたいやな、
私のほうが想ってるのって

回は「あなたよりも私のほうが想いが大きい！」という地味系ヒロイン、鏡王女の歌に関連して、もう少し詳しくお話ししたい。

少女漫画でもしばしば見る「私のほうが好きだよ！」ってな歌で、言っちゃえば「あなたよりも私のほうが想いは強いんだよ」とそれだけの意味なんだけど。ここに、前半部分で「秋に、山の木々の下を隠れる川の水かさが増してくみたいに……」というメタファーが加わっている。

メタファー。わかるだろうか。これから、恋歌に使われやすい「メタファー」についてお話ししようと思う。ちょっとしっとり聞いてくださいな。

メタファーって知ってます？

萬葉集においてはめっちゃ大切な概念だ。比喩（ひゆ）。物事を何かにたとえること。たとえばりんごのような頬、とか。赤いってことを「りんごのような」ってたとえている。

萬葉集には「譬喩歌（ひゆか）」というカテゴリーがあるくらい、「比喩」つまりはメタファーの存在感が大きい。メタファーをきちんと読むことが萬葉集の和歌を読むってことなんじゃないかなあ、と思うときもあるくらい。

メタファーがなんで萬葉集、ひいては文学作品において大切なのか。ちょっと国語の教科書ちっくだけど、解説してみると。たとえば変な話、好きな人に「自分がいまどのようにあなたのことを好きか」を伝えなければならない状況があったとする。

……難しいっ、と思いません⁉

好きは好きでも、いろんな好きがある。離れている友達みたいに、最近会って話していないのが寂しくなる「好き」、ずっと一緒にいて感謝してる家族みたいにあったかく大切だと思う「好き」、ただひたすら性欲にまかせてどかーんと押しつけたい「好き」（たとえが物騒でごめん）。全然、ちがう。

だけどそのどれも、現代語だと「好き」という一語におさめることができる。中身は違っても、その感情を表現するのは「好き」という一語だったりする。

でも、「自分がいまどのようにあなたのことを好きか」を言葉にするのは、意外と、「好き」というひとことでは足りない。

単語ひとつで言い表せるほど、言葉はぜんぜん万能ではない。私たちはもっと多様な意味を伝えたいと思っている。

そこで、千三百年前、いやそのもっと昔に人類が発明したのが「メタファー」である。つまりは、「自分がいまどのようにあなたのことを好きか」を、「○○と同じように、好き！」と表現することを覚えたのである。

Aと同じ状態であるBにたとえたら、Aの内容がすこし相手に伝わりやすい。Bみたいな A、と表現することで、私たちは相手にわかってもらいたかったのだ。

たとえばこの歌を見てほしい。

夏の野の茂みに咲ける姫百合（ひめゆり）の知らえぬ恋は苦しきものぞ

（巻八・一五〇〇）

夏の野原の茂みに咲く姫百合みたいに、
人に知られない恋は苦しいもんやね

姫百合というのは、赤くて小さな花なのだけど。夏の野原に姫百合がぽつっと咲いていても、茂みに隠れてよく見えない。そんな姫百合と同じように、ぽつっと隠れる自分の恋心は、見えづらい。だから苦しい。……とまあ、そんな歌である。

これなんかも、ただ「知られない恋って、苦しい」と言うよりは、「夏の野の茂みに隠れるみたいな恋心」とたとえたほうが、赤い一輪の花が野原にぽつんと隠れている様子が目に浮かんできて、伝わる情報量が多い。

こんなふうに、伝えたいものを何かにたとえることで、的確かつ美しく伝える手段が、メタファー（比喩）だ。

たとえばこんな歌もある。

言出（こちで）しは誰（た）が言（こと）なるか小山田（をやまだ）の苗代水（なはしろみづ）の中淀（なかよど）にして

（巻四・七七六）

好きやって言いだしたのは誰やったっけ？
小山田の苗代水みたいに、
通ってくる頻度も途中から滞っとったね

ちょっとユーモアがあって、くすくす笑ってしまうような皮肉を効かせた女性の歌である。自分のもとへ男性がなかなかやって来ないけど、稲を育てる水みたいに滞ってるぞ、とちくりと刺す。恋人への文句も、メタファーが入ることでユーモアのある皮肉に変わっている。直接的な表現だけで言われるよりも良いと思う。ほんと、メタファーの効用はすごい。

直接的に言ったら元も子もないことであっても、メタファーを使うことで、すこし本来よりも美しく、面白くコーティングできるんじゃないか、と私は思う。

秋山の木の下隠り行く水の我こそ益さめ思ほすよりは　（巻二・九二）

水かさが増す秋山の川みたい
私のほうが想っているの

今回の歌も、「あなたよりも私のほうが想いは強いんだよ」と言ってしまえばそれだけのことなんだけど、「秋に、山の木々の下を隠れる川の水かさが増していくみたいに」というメタファーを付加することで、なんだか自然の風景と重なる、美しい伝え方に変わる。

しかもこの歌、この前に詠まれた歌（巻二・九一）に「山の頂上」が詠まれていたことを受けて、今度は「山の谷底」を詠もう、という発想もあっての作歌だ。うーむ、教養というか、頭の回転の速さがうかがえる。

私たちのほんとうの感情や思考なんて、シンプルに表現しようと思えば、いくらでもシンプルにできる。日常で感じていることは「つらい」とか「好き」とか、せいぜいその程度だろう。

だけど、それを「もう少し自分の感情をきっちりつかまえて、言語化できないかなあ」と考えてみたり、「もうちょっと細部の塩梅（あんばい）まで相手に伝わってほしい」と思ってみたりすると、そこにメタファーが生まれることがある。

そしてそれは、文学というジャンルになる。

だって人間の個人的感情を、誰にでも共通して伝わる物語やメタファーにしたのが、文学だ。

私たちは、こうして千三百年前の感情を、読むことができる。メタファーがそこで、感情を、風景に、すいっ、とうつしてくれるかぎり。

酔いも覚める。お姉さまはこわいよ（汗）

想いが重い、恋するお姉さん

今回の歌

暁（あかとき）の目覚まし草とこれをだに見つついまして我を偲（しの）はせ

（巻一二・三〇六一）

現代語訳

夜明け前、目覚まし草としてこれを見てな、そんで私を思い出してな

「正しい日本語」をしきりに主張する人がたまにいるけれど、私は言語に正しさなんてあるのだろうか、と不思議に思う。

最近の若者言葉であるところの「卍」とか「わろたw」とか「(^○^)」とか、正しい日本語じゃない、って言う人がいるけれど、それってすごくもったいない。日本語にカウントしたほうが絶対に面白い。

たとえば「卍」と書いて「まんじ」と読むことが流行ったのは、おそらく「卍」という漢字の形がかわいいって理由もあるけれど、「まんじ」という言葉の語呂がいいこと（まじ、まんじ、と使えば五音になるし韻も踏める）も理由のひとつだろう。この双方の理由が両立するのは、「表記」の面と「音」の面の双方で漢字を見ることができるからなのだ。私たちは、そんなこと教わってもいないのに、漢字を「かたち」と「おと」の両方で見ている。この感覚って、なかなかどうして日本的だと思う。

というのも、萬葉集の原文を見てみれば、

五更之目不醉草跡此乎谷見乍座而吾少偲為

これで「暁の目覚まし草とこれをだに見つついまして我を偲はせ」と読む。

なんでこう読めるかというと。たとえば「五更（ごこう）」は中国の表記方法で、午前三時〜五時のことだ。中国では夜更けて日が昇るまで、つまり一夜を五つに区分する単位があって、一更は午後七時〜午後九時、二更は午後九時〜午後十一時……と二時間ずつに割って、五更は午前三時〜午前五時。

そんで「目不酔草」は「めざまし草」。酔いを覚ます、というところから「不酔」を「さまし」と読ませている。……こう見ると、漢字を「意味」で捉えていることがわかるだろうか。

「訓字」と呼んだりするのだけど、表意文字として漢字を使っている。「酔」は音読みすると「スイ」、訓読みしても「よ（う）」としか読めないけれど、今回は、そういう「表音文字」として用いていない。表意文字として捉えている。

だけど「目不酔草」のあとにやってくる「跡」は、「と」と読む。ただの「表音文字」としてしか使っていない。「跡」の意味は考慮されずに、「アト」という訓仮名で読む文字の、「ト」のみを使っている（萬葉集には、二文字の訓読みの、一文字のみを読む、という手法がよくある。「略訓（りゃっくん）」と読んだりする。「常」って書いて「と」って読ませる、とか)。

……萬葉集でこのふたつの読み方を見ていると、「卍」を現代の女子高生が使うのも、だいぶ日本の伝統を汲んでるやん！　と言いたくなる。

つまりなにが言いたいかって、萬葉集で使われる漢字には、表意文字と表音文字の双方の目で捉えられ、そこから多様に使える手法がある、ってことだ。

これ、ふつーに読んでるけど、だいぶ特殊なことですからねっ。アルファベットだとABCという文字それぞれに音はあるけれどそれ単体じゃ意味はなさないし、Tomはトムとしか読めず、catもキャット(猫)という音と意味が固定されている。

だけど私たちは「魚へんがついてる漢字だから魚に関係する漢字だろ、なんて読むのかわからんけど」とか「鳥之聲可聞(とりのこえかも)ってなんとなくわかるな(巻六・九二四)」とか「卍ってウケる～まじまんじ～」とか「いやまじ草生えるわ」とか言える。それは萬葉集の時代から脈々とつづく漢字と私たちの不思議な関係があったからだ。

「w」が「わらい」なのとか、どう考えても萬葉集の「略訓」の考え方と同じ類い。

じゃあ読み方が特殊な今回の歌の意味はどんなものかというと。

おそらく何かの「草」を添えて贈られたこちらの歌。なかなか自分のもとへ通ってこない恋人に向かって、「ほらこれが、あんたの目を覚ます草だって。ちゃんと私のこと、思い出してね（てか私のもとへ来ないでなに眠ってんのかしら？　夜明けまでどこにいたのかしらね〜）」と贈った、わりと皮肉っぽい歌なのである。（　）の部分は私が妄想で付け足したものだけど。

私のこと、忘れないでね、思い出してね……と殊勝に贈った歌、とも解釈できるのだけど（たぶんこの歌が古典の教科書に載ったら、高校の先生はそう教えると思うけど）、どうかなあ。

「夜明け前」とわざわざ言ってるあたり、「こんな夜明けに家へ帰るなんてどこにいたのかしらね？」あるいは「私がいない夜は、ぐっすり眠れたかしら？」といったニュアンスが込められているように見える。だってこれがほんとに「私のこと思い出してね」っていう歌なら、夜明け前じゃなくて、夜が来る前に思い出してほしいはずだもの。

ちなみに今回の歌の前と後に掲載されている歌は、どちらも「忘れ草」（ユリ科の萱草（かんぞう）という花のこと）を詠んでいて、今回の歌で詠まれている「めざまし草」も、「忘れ草」の別称ではないか？　と言われている。

これもまたほんとなら、ますます皮肉っぽい話だ。誰かのこと、ゆううつなことを「忘れさせてくれる」草を渡して、「ほら、これがあなたのめざまし草よ」と、にっこり微笑むわけだから。

やっぱりこれ、別の女がいて自分から足が遠のいた男に向けた歌ではー⁉　と私は考えてしまうね。しかも歌い主はあんまり若くなくて、お姉さまですね、たぶん。妄想がはかどる。

まあそうだとしても、忘れな草そのものより、彼女の歌のほうが、男性にとってはよっぽど効力のある「めざまし草」だっただろうけど。なむなむ。

四季があるのはウソである

持統天皇　作

今回の歌

春過ぎて夏来たるらし白たへの衣干したり天の香具山

（巻一・二八）

現代語訳

春がすぎて夏が来るらしいなあ。
真っ白な服を干してる天の香具山へ

おそらくこの歌を読んで、「あれ？」と思ったあなたは百人一首に詳しい。

「春すぎて夏来にけらし白妙の衣ほすてふ天の香具山」が、正しいんやないの？　と首を傾げたそこのあなた、うん、あってるあってる。百人一首やったらそれが正しいよー。というのも「春すぎて夏来にけらし白妙の衣ほすてふ天の香具山」は『新古今和歌集』夏の巻頭歌で、萬葉集とは語尾がちがうのである。

でも持統天皇が詠んでるのに、なんで『新古今和歌集』と萬葉集ではちょっとだけちがうの？

と疑問を持つのは当然のことである。

なぜかって『新古今和歌集』バージョンは、萬葉集の、平安時代の訓読のひとつなのである。

春過而　夏来良之　白妙能　衣乾有　天之香来山

こちらが萬葉集の原文。この漢字ばかりの和歌に、ひらがなで訓を与えることを

「訓読」と言う。しかし「この漢字、こう読むんじゃない？」と推測を重ねていけば、当然、誰が読むかによって訓も変わってくる。

もちろん、時代ごとに「だいたいこのあたりの読み方だろ」という共通了解はできるけど、ものによっては「Aの訓」派と「Bの訓」派で対立することもある。そして、時代ともに通説は「みんなAの訓で読んでたけど、実はBの訓じゃない？」と変化する。

実は、百人一首もとい『新古今和歌集』の「春すぎて夏来にけらし　白妙の衣ほすてふ天の香具山」は、萬葉集の「春過而　夏来良之　白妙能　衣乾有　天之香来山」の、平安時代段階での訓だったのではないか、と言われているのだ。

つまり今は研究が進んで、「春過ぎて夏来たるらし白たへの衣干したり天の香具山」という訓がだいたい正しいやろ、という結論に至っているけれど。平安時代の段階では「春すぎて夏来にけらし　白妙の衣ほすてふ天の香具山」なんじゃないの～？と思われていた、ということだ。「来良之」とか、「けらし」って読みたくなるの、わかるでしょ？

時代が変われば、訓も変わる。現代の私たちからすると、奈良時代も平安時代も同じく「昔」だけど、平安時代から見ると、奈良時代はけっこう遠い「昔」だったのだ。

……と、訓に関するうんちくを述べてみたところで。

歌の本文も見てみてほしい。

「白たへの衣」は、真っ白な衣のこと。渡瀬昌忠（わたせまさただ）先生が、おそらく「春の野摘みみたいな、香久山での春の神事に出た人がつける白い衣裳」のことじゃないか、と述べている。

夏になった途端、神事に使われる服が干されており、ぱあっと広がる白い景色。

——なんだか、洗濯洗剤のＣＭか？　とでも言いたくなるほど、爽やかな景色。

けど、実際に当時の人々の感覚を持ち込むと、歌もちょっとちがって見えてくる。

たとえば、当時の人々は、夏を好ましい時期として歌うことはほとんどなかった。

実際、萬葉集で夏の歌はすごく少ない。夏は乾燥していて、あまり好ましい時期ではなかったらしい。まあ春って冬が終わっただけでも好ましいけど、春から夏への遷移ってそこまではっきりわからないもんねえ。

と思っていたら、そもそもこの歌以前の時代は、季節の推移を歌に詠む、という発想がなかったらしい。四季で一年を分けるのは、中国の暦法の考え方だ。暦法が浸透し、その影響で「四季」という存在を萬葉集の時代に私たちはしっかりと覚えた。それゆえにここでやっと、季節の移り変わりを感じる、歌に詠む、という発想が生まれたのではないか……と、これも渡瀬昌忠先生の説。詳しく知りたい方は渡瀬先生の本をぜひ読んでみてくださいな。

たしかに季節の遷移を詠んだ萬葉集の歌って、

石走る垂水の上のさわらびの萌え出づる春になりにけるかも　（巻八・一四一八）

岩の上に落ちる滝のそばのさわらびが、芽を出す春になったんやなあ

ひさかたの天の香具山この夕霞たなびく春立つらしも　（巻一〇・一八一二）

天の香久山に夕べの霞がたなびいてんなあ。春が来たらしいなぁ

これくらいしかないのだ。

平安時代の歌集である『古今和歌集』になると、いっぱいあるのだけどね。「日本には四季があって、季節の移り変わりを感じて……」と、私たちはあたかも日本に四季があることを当たり前だと思いがちだけど。

実際のところ、四季なんてものも、中国から取り入れた思想にすぎない。というか、思想が浸透していないと、「四季がある」という発想すら、私たちには思いつかない。たとえば虹が何色に見えるか、なんてことも、文化によって異なるらしいけど。季節もまた、文化的な思想の産物だ。

萬葉集を読んでいると、「現代と同じだなー、人間って変わらないなー」と共感する部分と、「全然現代とちがう、奈良時代ってこういう考え方してたんや」と驚く部分と、両方ある。私たちはそのどちらも持ちながら、それぞれの時代を生きる、のだろう。

インスタ映えは永遠に

大伴家持 作

今回の歌

我がやどの尾花(をばな)が上の白露を消(け)たずて玉に貫(ぬ)くものにもが

（巻八・一五七二）

現代語訳

家の庭に咲いてる尾花のうえにこぼれる露、
消えずにそのまま真珠として糸に通せたらええのに！

尾花のうえの露を、そのまま真珠にして残しておきたいな……！　という歌である。これだけ見れば、何の変哲もない、さくっとした歌になっている。

ちなみに「尾花」は、秋の七草に詳しい方ならおわかりかと思うけど、ススキのこと。秋の七草のひとつ。ススキにこぼれるように乗る露。ぽたぽたと落ちていってしまうけど、ああこのまま真珠として保存できたなら……。

って、「風流ー!!」って叫びたくなりますか!?　なりますかね!?

そう、本書の冒頭でも言ったけれど、一般的に和歌といえば、なんだかやたら「きれいな情景描写」を詠んだもの……という認識がある。

たとえば桜。たとえば紅葉。たとえば旅先の風景。あるいは夕焼けに感動して、わあきれいだなぁ……と和歌を詠んだ。昔の人は雅（みやび）で風流な生活を送っていた。

というのが、古典の授業で私たちが習うはじめての和歌の印象ではないか。

個人的には、もちろん景色を詠んだ歌も好きだけど、それ以上に、当時を生きていた人々のじんわりとした感慨、感情、あるいは「あるあるある……」とつぶやいてしまいそうになるほど変わらない、人間の心情を表現した歌のほうが好きだ。

でも、じゃあ教科書に載っていた「景色を詠む歌」が、全然面白くないのか？　と聞かれれば、そんなことないよ！　いい歌いっぱいあるよー！　と首を振りたくなる。

だって、こんなふうに自分の見たきれいな景色を残したくなるのは、決して昔の人だけではない。そう、景色を詠んだ歌というのは、現代でいえば「インスタ映え」を狙った歌……と考えれば、すべてがしっくりと理解できるんである。

ねえちょっとInstagramのアプリをぜひ開いてみてほしい。自分の写真をアップする芸能人や店のごはんの写真を載せる店舗とはちがい、我々一般人が「インスタ」に投稿するとき、一番当たり障りなく写真を載せられるのは何だろうか。

それは、ずばり、景色、だ。もっと言うと、季節に合った景色。それから旅行先の風景。それから日常のちょっとした、きれいな一コマをうつしとった情景。

たとえば梅雨の時期だったら「あじさいの写真」、京都へ旅行にいけば「金閣寺と紅葉の写真」、それから春に美しく咲く「桜が満開の写真」。

……和歌か!?　と全力でツッコミたくなるジャンルである。

そう、私はSNSを見ていると思うのだけど、現代日本でSNSにみんなが投稿しがちな写真たち、テーマがめちゃくちゃ「和歌」とかぶるんである。

私が勝手に考えている仮説は、思想の対立もなければ人間関係に亀裂も挟まない

「風景」の話が、一番当たり障りなくみんなで「わあ素敵〜！」という感情を共有できるジャンルなのではないか……ということ。

だから風景を詠んだ和歌を、今のご時世の私たちが読むとき、まあたいていは「この風景、インスタ映え！」と思って詠んだんだなと思うと、面白く読めてくるんじゃないか。

さらに、私たちはSNSに写真を投稿するとき、なにかひとこと付け加えたくなる。たとえば家の庭にススキがあり、そのうえで露がこぼれそうになっていると、「露、消えちゃわずに、宝石としてブレスレットにしたいな……☆」という言葉とともに写真をアップしたくなる。……なったんだよ、家持は！　もしかしたらそんなテンションで和歌を詠んでいたのかもしれない。

というわけで、これから先、「わあ風流！」と思う歌が登場したときは、「うーんインスタ映え！」と思いつつ読んでみることをおすすめしたい。

意外と人間の考えてることは変わらないし、現代の女子高生も、昔の歌人も、「このすてきな風景を残したいな、人と共有したいな、誰かに伝えたいな」と願う感情は、まったくもって同じものなんじゃないか……と私はしみじみ思う。

宇宙まで飛躍する壮大すぎる歌

今回の歌

天（あめ）の海に雲の波立ち月の船
星の林に漕ぎ隠る見ゆ

（巻七・一〇六八）

現代語訳

天空の海に雲の波が立つ。
そして月の船は星の林に漕いで
隠れてゆくところが見えるなあ

柿本人麻呂（かきのもとのひとまろ）作

ものすごく壮大な歌になっている。

天を海に、雲を波に、月を船に、星を林にたとえ、月が空を渡るところを詠んでいる。

私の体感でしかないけれど、この歌のファンはとても多い。頭のなかに鮮やかなイメージが浮かんでくるような、視覚情報の多い歌だからだろうか。読んだときの情景が、スローモーションで再生されるような歌だからだろうか。

実は、本書のカバー（！）も、この歌をもとにして相澤さんが描いてくださった。ありがたや。

ところで、この歌を萬葉集の原文で見てみれば、こんなふうに書かれている。

詠天
天海丹雲之波立月船星之林丹榜隠所見
右一首柿本朝臣人麻呂之歌集出

え、この歌の前にある「詠天」ってナニ？　あと「右一首柿本朝臣人麻呂之歌集出」って書いてあるけど、どゆこと？　柿本朝臣人麻呂って？

今回はこれを説明しよう。

「柿本朝臣人麻呂」とは、「柿本人麻呂」のこと。聞いたことあるかもしれない。萬葉集最初で最大の歌人、なんかやたら才能のあった歌を作る人。どれくらい才能があったかといえば、柿本人麻呂がいたから生まれた枕詞が大量にあるくらい。新しい表現や、他人の歌の代作など、多様な方面での存在感が、でっかい。

「柿本朝臣人麻呂之歌集」とは、「柿本人麻呂の歌集」の意味。

これをちょっと説明すると、萬葉集が生まれる前に、「私家集」といって、個人あるいは家の単位で歌を集めた歌集があったらしい。萬葉集にはたまに「この歌は、この私家集からとってきましたよ～」と注釈がついていることがあるのだけど、今回もそのパターン。柿本人麻呂が集めた、あるいは柿本人麻呂のもとに集まった歌たちが収録される「柿本人麻呂歌集」のなかから一首掲載、というわけだ。

萬葉集で人麻呂歌集からとってきた歌はだいたい三六四首ある（だいたい、というのは数え方によって異なるから）。残念ながら人麻呂歌集は現存してないから、どんな歌集だったのかはわからない。

しかし面白いのが、萬葉集を編集する段階で、彼らは人麻呂歌集を「昔の歌」として捉えていたこと。

今回の歌もそうなのだけど、たとえば巻七だったりすると、「人麻呂歌集からとってきた歌」と「萬葉集ではじめて掲載した歌（出典不明の歌）」が、交互に並んでいる。

今回の歌は、巻七の巻頭、つまりいちばん最初に掲載されているのだ。

今も漫画雑誌などで、雑誌の最初に載っている人気漫画に「巻頭カラー！」なんて煽り文句がついていたりするけれど。今も昔も、「一番最初に掲載する」のは、どうやら「一番えらい」作品だ、という考え方があるらしい。

そこで萬葉集をつぶさに見てゆくと、どうやら「人麻呂歌集の歌をお手本にして歌を作りましょう！」という姿勢があるようだ、とわかってくる。

お手本というのはつまり、萬葉集編纂段階において、人麻呂や人麻呂歌集の歌というのは、もうすでに、お手本とすべき「古典」だったんである！

今で言えば、私たちにとって夏目漱石の小説が古典であるようなものだろうか？当時の人たちにとっては、人麻呂歌集は、立派な古典だった。

私たちからすると、いや人麻呂も家持も変わらず「古典」だよ～と笑っちゃいそうなんだけど。

人麻呂歌集の歌だからといって、人麻呂の歌、とは言い切れない。人麻呂歌集には、人麻呂が朝廷で集めた歌、それから当時の伝誦（でんしょう）歌が掲載されていたらしいので（もちろん人麻呂自身の歌もあるだろうけど）。

でも、歌を見てみれば、「天」を「海」、「雲」を「波」、「月」を「船」、「星」を「林」に見立てるなんて、「は、派手……」と言いたくなるほど、大胆なハナシだ。

天を海に見立て、雲を波と捉え……というと、どこか「なんとなく漢詩の影響が大きいのかな？」と言いたくなる表現なんだけど。どこかしら匂ってくる、漢詩っぽさ。

しかし実際に漢詩を調べてみると、「天海」という表現は漢語として存在しているものの一般的ではないらしい。

奈良時代には『懐風藻（かいふうそう）』という漢詩集が存在していた（すごくないですか、日本人による漢詩集ですよ。今で言えば日本語話者のアーティストたちが、みんなで英語の洋楽を作ってアルバムにまとめるようなもんです）。『懐風藻』には、今回の歌と似たような語彙である「月舟」という言葉が載っている。漢詩か、はたまた人麻呂の影響か。どちらの影響かわからないのも、面白い。

こう読むと、萬葉集だって一朝一夕に誕生したわけじゃない。中国の古典や、個人の私家集があってはじめて、こんな大きな歌集が生まれ得たんだな、と、わかってくる。

令和は宴会日和

今回の歌

我が園に梅の花散るひさかたの
天(あめ)より雪の流れ来るかも
（第五巻・八二二）

現代語訳

うちの庭に梅の花が散ってる。
遥か遠く、
まるで天から雪が降るみたいに

大伴旅人　作

ね

え、新たなる元号、「令和」ですね⁉

いやはや。なにをかくそう「令和」の出典は萬葉集。ご存知ですか。

ほらもう「れいわ」と打ってもパソコンが「令和」に変換してくれない。ちなみにこれを書いているのは二〇一九年七月現在、「れいわ」と打って変換される文字といえば「令話」である。パソコンはいまだ平成を生きているらしい。

って、萬葉集に話を戻そう。

これまで中国の古典作品、つまりは漢文からの出典しかなかった日本の元号。萬葉集という日本の古典作品が出典になったのはどういう意味があるのかなんて、ここで語るにはトピックがでかすぎるけれど。しかし新元号が発表されてからというもの、萬葉集に関する本がちょっとしたブームになっていた（後の時代の人が読んでることを期待して書き残しとく。二〇一九年にはちょっとした萬葉集ブームがあったんだよ！）。なんせ池袋のジュンク堂（とても大きい本屋）に、萬葉集特集の棚が作られましたからね⁉　すごい。私は感動した。めでたすぎる。

で、「令和」は萬葉集が出典なわけだけども、じゃあ該当箇所はどこかといえば、こちらである。

梅花謌卅二首并序
天平二年正月十三日、萃于帥老之宅、申宴會也。于時、初春令月、氣淑風和。梅披鏡前之粉、蘭薫珮後之香。加以曙嶺移雲、松掛羅而傾盖、夕岫結霧、鳥封縠而迷林。庭舞新蝶、空歸故鴈。於是盖天坐地、促膝飛觴。忘言一室之裏、開衿煙霞之外。淡然自放、快然自足。若非翰苑、何以攄情。詩紀落梅之篇。古今夫何異矣。宜賦園梅聊成短詠。

（巻五・八一五番　題詞）


……「令和」、見つかりますか。いけますか。

「初春令月、氣淑風和」ここだよっ！　一行目あたりのとこですよ。

ここまで本書をきちんと読んでくださった方ならわかると思うんだけど（くどい）、こちらは題詞ってやつ。歌の前に書かれている、序文というか、歌の説明みたいなもの。

ここから萬葉集本文には、通称「梅花歌三十二首」と呼ばれる歌たちが並ぶ。実はこの三十二首、「梅を見るために集まった宴会で、それぞれが披露した三十二首」となっている。まあ現代バージョンでたとえるなら「仕事仲間の飲み会でカラオケに行ったときのセットリスト32歌を順番に載せます！」ってイメージで考えてほしい。

題詞には、ざっくり言えば「梅を見るのに格好の天候の今日、宴会を開催しましたよ〜」という話が綴られている。で、その宴会の歌はどういう歌かといえば、基本的には「梅」が詠まれている。さきほどカラオケと言ったけれど、その様子はものすごく「宴会」っぽい！　とやりとりを笑いながら読んでしまう。

たとえば、

梅の花今盛りなり思ふどちかざしにしてな今盛りなり　（巻五・八二〇）

梅の花は今が盛りやなあ。
仲いいみんなの髪飾りにしたい、しようかな。
梅の花って今が盛りやからなあ

で、「梅の先ごろは今が盛り！」と盛り上げる。

「思ふどち」は「気のあった親しい人同士（要は宴会に来てる人のことね）」、「かざし」は髪飾り、髪に挿すかざりのこと。梅の花を髪飾りにしよっかなあ、こんなにきれいに満開なんやし……というテンションですね。

しかし。このあとにこんな歌が来る。

我が園に梅の花散るひさかたの天(あめ)より雪の流れ来るかも

（巻五・八二二）

うちの庭で花が散っとんなあ。

遥かなる天から雪が流れてきてるみたいやなあ

いきなり「梅の花が散っている」話が出てくるんである。あれ、さっきまで「梅は今が盛り！」って言ってなかったっけ？　そんなツッコミを読者は入れたい。

ではそのツッコミに答えるために、すこし歌の解説をしよう。

「ひさかたの」は「天」の枕詞。もとは「久方」と書くから、「悠久の」とか「はるか遠く」とかいった意味。イメージとしてはずっと遠くの、空の向こう、とか、ずっとそこに変わりなくある太古の昔からの時間軸で捉えた天空、とかそういう感じで考えたらわかりやすいかも。

で、この歌では、庭にはらはらと散る梅の花が、天空からはらはらと降ってくる雪みたいだね、と言われている。

「庭に散る梅」と「天から流れて来る雪」が重ねられているんである。

なかなかどうしてうつくしい歌だと思いませんか。私はわりと好きだ。白い梅の花が舞うその景色が、雪が降ってるみたいだねって言うなんて、ちょっとキザだけどうつくしくて。

……しかし、これが「うつくしいなー」なんてぼんやり思えるのは、宴会のその場ではなく、千三百年後に萬葉集を読んでいる我々だから。

なぜなら、萬葉集を見ると、この歌が詠まれたあとに、

梅の花散らくはいづくしかすがにこの城の山に雪は降りつつ　（巻五・八二三）

梅の花が散るって、どこのことなん？

って見てみたら、近くの城の山にはまだ雪が降ってんなあ。

梅って、雪のことやったん？


と、わりととぼけた歌が返されているのである。

ちなみにこの宴会が開催されたのは、題詞によれば旧暦「正月十三日（天平二年）」。現在の暦、つまり太陽暦では「二月八日（西暦七三〇年）」のこと。

……梅が散るのに、二月上旬って、ちょっとはやいのではないか。

だとすれば八二二番ではどうして「梅が散る」なんて詠まれたのか。

この疑問に答えるのは、いささか私の妄想でしかなくなる。真相はわからない（というか、真相解明のために現在萬葉集研究者さんたちが頑張っているわけだけれども）。でも私が妄想するには、さきほどの八二二番を詠んだのは「主人」だと書かれており、つまりはこの宴会の主催者である大伴旅人だ。

八二二番は、宴会の歌にしては、ちょっと、キザでうつくしすぎる。——つまり宴会の主人がノリにまかせて「梅が散るのは、まるで雪みたいやね……☆」という文芸的、いや詩的すぎる発想でぽろっと詠んでしまった歌なのではないか。まあ「梅が雪みたい！」って言いたいがために「梅が散ってる」と詠むとか、うん、ありそうな事例なのではないかと私は思う。思いついたら言いたくなっちゃうよね。宴会の主人だしね。

しかし困るのは、宴会に招かれた役人たちだ。ちょっと風流すぎるキザな歌をお偉いさんに詠まれたとき、その後の客は……どうやってその場の空気を作っていくべきなのか⁉

たとえば現代でいえば、宴会のカラオケで、上司がめちゃくちゃバラードを歌いきったあと、部下はその次に何の歌を入れるべきなのか⁉

で、この詠み手（萬葉集には大監伴氏百代（だいけんばんじのももよ）とある。眉をかいていたおじさん、大伴宿祢（すくね）百代のことだ）はえらい。「え〜梅が散ってるってどこのことなん〜？　あっほら山には雪が降ってんで、あれのことかいな」と、わざととぼけた歌を詠む。

たぶんこう言われたら笑いが起きる。「見間違いやないわ！」などのつっこみも起きるであろう。宴会の歌はこう続く。

梅の花散らまく惜しみ我が園の竹の林にうぐひす鳴くも　（巻五・八二四）

梅の花を散るのを惜しいなーって思ったんかなあ、
うちらの庭の竹林で鶯がめっちゃ鳴いてんで

さっきの歌に乗じて、鶯に話題をスライドさせる！　ちゃんと旅人の「我が園」を受けてるし、そのうえで「鶯」の歌になっている。

……こうして、宴会の歌は続いていく。なかなかにスリリングな、いかに空気を読みつつ笑いと和歌を奈良時代の人々が扱っていたのか、わかる箇所じゃないかなーと私は思う。ほんとは梅花歌三十二首ぜんぶ紹介したいくらい、面白い箇所なのだ。

ちなみに「令和」はBeautiful Harmonyと英訳されたらしい。響きもよくて、なんだか素敵な英訳じゃないか、と話題になっていた。

……が、しかし。その裏で出典となった萬葉集を覗いてみれば、こんなふうに、宴会の「調和」はみんながちょっとずつ冷や汗をかきつつテンションを上げ、そして笑いながらお酒の勢いにまかせて作られていったものだったんだなあと笑ってしまう。

「令」「和」も、「宴会を開催するのによき日」って意味からとられてるし。

「令和」がどんな時代になるかまだ私にはわからないけれど、萬葉集の時代の人々もBeautiful Harmonyを維持するのも、ラクではなかった、のかもしれない。

謎に満ちた歌の神
柿本人麻呂

萬葉集のなかでいちばん有名な歌人といえば、彼だろ。と名指しで呼んじゃいそうなナンバーワン歌人・人麻呂先輩は、なんと平安時代以降「歌の聖（神）」と崇められていた。まじで「歌の神」となり、歌をうまく詠みてえ～と願っていた藤原兼房（平安時代の歌人さん）の夢に現れた。そして兼房は人麻呂の絵を飾って毎日礼拝した、という伝説まで作られているのだ。このあと本気で人麻呂の絵が礼拝されるようになるのだか

ら（しかも後世、宗教的な話にまで発展する）彼の和歌世界におけるカリスマっぷりたるや。

そんな歌の世界の神こと人麻呂さん、経歴はあんまりよくわかっていない。今わかっていることといえば、天武天皇の時代に活躍し始め、持統天皇の時代に宮廷歌人として歌を詠んだんじゃないか、ということくらいだ（どれくらいの地位についていたのかもわからない）。

しかし彼のことはよくわかっていないが、彼の歌集は現代の私たちにとって大きな資料的価値を持っている。というのも、繰り返しになるが「柿本人麻呂歌集」という言葉が萬葉集にはしばしば登場していて、おそらく萬葉集が編纂される際に歌を集める資料として使われた歌集だろう、と言われているからだ。人麻呂の歌を集めたのか、人麻呂が集めた歌を載せているのか、深くはわからないけれど、『柿本人麻呂歌集』は萬葉集の編纂過程を想像させてくれる大切な資料だ。まあ歌集そのものは今残っていないんだけど！でも、きっと当時同じように既に存在していた歌集たちがほかにもあって、そこから選んだ歌を採録したのが萬葉集なんだろう……とヒントをくれる存在なのだ。

萬葉集がどうやってできたか、というのはまだまだ謎に満ちた問いで、ほんとのところはよくわかっていない。大伴家持が編纂に関わっているのだろう、とか、だいたい七六〇〜七八〇年頃に成立したんだろう、くらいしか。でも、ある日突然「ハイ萬葉集ができましたー！」って生まれたというよりは、いろんな歌集やいろんな人から集めてきた歌たちを並べ、増やし、徐々に今の形になったのでは、と考えられている。

ここで触れたついでに『柿本人麻呂歌集』についてちょっと専門的な話をしてみたい（興味のない人はすっとばしてね）。実は、『柿本人麻呂歌集』から収録した萬葉集の歌の一部には、表記に変な特徴があるのだ。

①恋死　恋死耶　玉桙　路行人　事告無　（巻一一・二三七〇）
（恋ひ死なば　恋ひも死ねとや　玉桙（ほこ）の　路行き人の　言も告げなく）

①の歌を見てほしいのだけど、「恋死」で「恋ひ死なば」と読ませている。……いや、ちょっと、漢字、少なくない⁉　とツッコミを入れたくならないだろうか。っていうかもはやこれだと、中国語みたいじゃん⁉　と。
この表記、「助詞に漢字をあててない」のだ。ちなみに助詞に漢字をあてるバージョンの表記はこちら。人麻呂歌集の歌ね。

②敷栲之　衣手離而　玉藻成　靡可宿濫　和乎待難爾　（巻一一・二四八三）
（敷栲の　衣手離れて　玉藻なす　靡きか寝らむ　我を待ちがてに）

「敷栲之」の「之」が「の（＝助詞）」にあてられているの、わかるかしら。たかが助詞、されど助詞。人麻呂歌集のなかでも助詞に漢字をあてているものとあてていないものがある。いったいなぜ⁉　ちなみにこれを研究者は「略体」「非略体」と呼んだりするんだけども。研究者の間でも謎だった。そして人麻呂から遠く時代が離れて大伴家持の時代になると、こんな表記になる。

③可須美多都　春初乎　家布能其等　見牟登於毛倍婆　多努之等曽毛布

（霞立つ　春の初めを　今日（けふ）のごと　見むと思へば　楽しとそ思（も）ふ）

（巻二〇・四三〇〇）

完全に、一音一文字！　ここまでくると「おお、あとはもうひらがなカタカナの登場を待つだけですね」と思えるのわかります？　これを簡単に書こうとするとひらがな、カタカナになるだろうな〜と想像がつく。

……え、なら、どんどん助詞も含めて漢字の表記する部分が多くなっていった、①→②→③の順で表記が発展していった、って言えばいいんじゃないの？　とカンのいい方は思われるかもしれない。①②③の順にどんどん日本語っぽくなってるし。うん、私もそう思ってたさ！　ふつーはそう考えるよね！

しかし、そうは問屋が卸さない。残念ながらとある木簡の登場（二〇〇六年）によってこの説がくつがえってしまった。

④「皮留久佐乃皮斯米之刀斯」
（はるくさのはじめのとし）

こちらの漢字の木簡、「難波宮跡出土万葉仮名文木簡」といって、なんと地層（！）的に七世紀中頃、つまりは家持の表記の時代よりもずっと前に「ひらながっぽい表記」があったことを示してしまった木簡なんである。

いやーよくわからんね。これにて①→②→③というきれいな図式は外れてしまい、萬葉集の時代の表記には様々な謎が残ってしまった。

というわけで、人麻呂から表記にいたるまで、今なおたくさんの謎が残る。研究者の仕事が減らないわけである。未来の研究に乞うご期待、なのです。

萬葉こぼれ話4

巻ごとに テーマを総ざらい

萬葉集はきちんと秩序立ったカテゴリーの順に並んでいるわけではなく、年代順に並んでいるとも限らない。

が、それでも巻ごとに、テーマみたいな特徴はある。

巻1 ～ 4、6：雑歌・相聞・挽歌。「純・萬葉集の歌」たち。
巻5：漢詩文と和歌・書簡多め！大宰府の文化圏の歌。
巻7～12：古今で比較してみた歌。民謡や四季の歌も。
巻13：雑歌・相聞・問答・譬喩歌・挽歌。長歌たち。
巻14：東歌を中心に、地方の民衆短歌たち。
巻15：新羅へ使いを送る時の歌と、防人歌たち。
巻16：作家事情を伝える「有由縁并雑歌」や歌物語の巻。
巻17～20：大伴家持歌日誌。

巻13以降、いかにもあとから付け足した風でしょう？「萬葉集はだれが、どのように作ったのか？」という謎についても、「あとからちょっとずつ増やしていったのではないか」という答えが濃厚になっているのも納得できるのだ。

第五章

大切なことは すべて萬葉集にある

滅びゆくものは歌になる

柿本人麻呂　作

今回の歌

近江（あふみ）の海夕波（ゆふなみ）千鳥（ちどり）汝（な）が鳴けば心もしのにいにしへ思ほゆ

（巻三・二六六）

現代語訳

近江の海の夕波千鳥、きみがそんなに鳴くと、心もしおれて、
むかしのことを思い出してしまうわ

喜

怒哀楽、という言葉があるけれど、「哀」はやっぱり文学のテーマに一番なりやすいんじゃないか、と私は思う。世界の名作全集を見回してみても、「哀」を描いた名作はとても多い。人間はかなしい時こそわざわざ言葉にして自分を癒（いや）すのかもしれないし、むしろかなしい時くらいしかわざわざ文学の言葉を使おうとしないのかもしれない。

日本の歌集を見てみると、まあ萬葉集には比較的「喜」「怒」「楽」の感情がたくさんあるように思うけれど、だけど「哀」はやっぱり歌になりやすいのだろう、たくさん詠まれている。ちょっとしめっぽいが、そんな歌も紹介してみる。

おうみのみ、ゆうなみちどり、ながなけば。一度は口ずさんだことのある方も多いかも知れない。今回は教科書にも載ってる有名な歌である。ちなみに作者は柿本人麻呂。

前章でも紹介したように、柿本人麻呂は萬葉集でもかなり初期の歌人なんだけど、いろんな美しい造語を生み出したところが特徴だ。枕詞を新しくつくったり、新しい語句を生み出してみたり、柿本人麻呂がいたからこそ使われるようになった和歌の言葉もある。日本語を変えたクリエイターといっても過言ではない。

たとえば今回の歌も、「夕波千鳥」は柿本人麻呂の造語だ。もちろん「夕波」も「千鳥」も元からあった言葉だけど、そのふたつを組み合わせたのは柿本人麻呂の腕力である。コピーライターのような才能だ。

波たつ夕焼け（とは限らないんだけど、夕べの空といえば夕焼けといきたいところだ）、千鳥が波間であそんでいる声がきこえる……という風景を一語「夕波千鳥」で表現しちゃうあたり、ただもんではない。「夕波」で視覚、「千鳥」で聴覚の双方を伝えているところも、なかなかどうして実力派である。

と、言うとなんだか美しい夕焼けの歌に見えるけれども。この歌の背景を見てみると、どろどろと血にまみれた政治闘争が存在する。

だってこの歌でなんで人麻呂が「いにしへ思ほゆ」と言ってるかといえば。近江の都には、数年前まで美しい首都があったのである。だけど遷都してしまって、今はもう荒れ果てた場所になってしまった……という事情がある。

「近江の海」とは琵琶湖のこと。つまりは滋賀のあたりに、昔は大津の都（大津宮）があった。天智天皇が治めた、栄えた都だったらしい。先ほども登場しましたが、天智天皇ってあれですよ、大化の改新の人（※中大兄皇子）ですよ！　覚えてますか！

だけど壬申(じんしん)の乱（こちらも覚えてますか、天智天皇亡き後、天智天皇の息子・大友皇子に、天智天皇の弟・大海人皇子（※後の天武天皇でしたね）が反乱を起こして勝ったやつですよ！）によって大津宮は壊滅してしまった。あらまあ。というわけで天武天皇は飛鳥へ遷都した（飛鳥浄御原宮(あすかのきよみはらのみや)）。この都は持統天皇まで続くことになる。

柿本人麻呂は天武・持統天皇時代にいちばん活躍した歌人だったから、大津宮がもはや荒廃してしまった時代に生きている。

だから、近江といえば人麻呂にとっては「いにしへ」の都なんである。実はこの歌以外にも、人麻呂は「近江荒都歌(おうみこうとのうた)（巻一・二九～三一）」という、近江の旧都を詠む歌を作っている。

なんでまた今の都じゃなくて、昔の都を詠むのか⁉　とツッコミを受けそうだけれども。たとえば昔の人への鎮魂歌だとか、昔を思い出すノスタルジーとか、いろいろ解釈はあるけれど。個人的には、やっぱり「鮮やかな現在や栄えている今の都よりも、過ぎ去ったむかし、廃墟になった風景こそが、大切なものなのだ」という感覚がどこかにあったからじゃないか、と思う。

たとえば柿本人麻呂からは離れるけれど、萬葉集にはこんな歌もある。

桜花時は過ぎねど見る人の恋ふる盛りと今し散るらむ

（巻一〇・一八五五）

桜の花は、咲く季節が終わったわけじゃないのに、
見る人が恋してくれる真っ盛りのうちに、
って思って今散ってるんやろな

つまりは人が惜しんでくれるうちに散ってしまおう、一番いいシーズンに桜は散ってるんだ、という意味。

これもまた、一見桜のきれいな時期を詠んだ歌に思えるけれど、実のところは、人生の絶頂期に散ることが華！　この世は過ぎ去りゆくものだから、一番恋してくれてるうちに散るもの！　と、かなしいことを言ってる……ように私には見える（まあわかるけどさ、一番楽しいうちに散っちゃいたい、って感覚）。

だけどこの感覚も、さっき紹介した人麻呂の歌も、萬葉集の時代に既にあった「無常」というような、「ずっと栄え続けている存在なんてない、時間が過ぎ去れば今あ

るものは消える」という意識が根底にあるからこそ詠まれるのだろう。

これってかなしいことなんだろうか。切ないな、とは思う。ずっと同じものなんてない。だけどだからこそ、こうして、夕波千鳥汝が鳴けば……という歌が詠まれて、千三百年後の文芸に残る。かなしい、切ない、という感覚があるからこそ、それを歌に詠もうとする。

栄えている今がずっと続くよりも、過ぎ去ること、散ってしまうこと、時間がたてばなくなることのほうが、文芸のテーマになる。そしてその過ぎ去りゆく瞬間をぱっとつかまえることが、和歌にぎゅっと閉じ込める題材になる。

だとしたら、喜怒哀楽の「哀」があるのも悪くない。すくなくとも萬葉集においては、悪くない歌たちだと思う。

そこにあるべきものがないから

今回の歌

明日香川川淀(かわよど)去らず立つ霧の
思ひ過ぐべき恋にあらなくに
（巻三・三二五）

現代語訳

明日香川の淀んでいるところを
離れない霧みたいに、
自分の気持ちも
すぐに消えてしまうような
恋やないわ……

山部赤人(やまべのあかひと) 作

萬葉集では、「恋」を「孤悲」と表記している……というお話をご存じだろうか。
わりと有名な話だから、もしかしたら知ってるかもしれない。もし知らなかったらぜひ何かのネタに使ってください。著作権は千三百年前の作品なのでフリーです（当たり前だ）。

前述したように、萬葉集は全編漢字で構成された日本語つまりは萬葉仮名と呼ばれるやつで著述されており、そこには「借音表記」（音だけを借りて読むやつ）と「借訓表記」（訓を考慮して読むやつ）の双方が存在する。

だけどたまに、こういうふうに、音だけを使っているかと思いきや、意味もやっぱり考慮してるよな〜と思わざるを得ない表記が存在する。「孤独に悲しく思う」と書いて、「恋」と読む。なんて的確な表記なんだ。

……と、こいつまた恋バナしようとするやん、と引かれたあなた、引かないでー！と肩をゆさぶりたい。ちがうのだ。ここで言う「恋」とは、恋愛の話ではないのだ。

萬葉集の時代、恋という言葉が指す範囲は、男女の恋情にとどまらなかった。前回の桜の話もそうだけど、もっと広い範囲の、「思う、慕う」という感情そのものを指していたのだ。
たとえば今回の歌では、「恋」の対象は「旧い都」だ。

明日香川川淀去らず立つ霧の思ひ過ぐべき恋にあらなくに　（巻三・三二五）

明日香川の淀んでいるところを離れない霧みたいに、
自分の気持ちもすぐに消えてしまうような恋やないわ……

山部赤人は、奈良の大仏を作ったことでも有名な聖武天皇の時代に活躍した歌人で、山上憶良たちと同じ世代の人。さっきの柿本人麻呂よりはもう少し時代が下るので、今回の歌なんかも、柿本人麻呂の歌をお手本のようにして作ったらしい（萬葉集は収録している作品の年代の幅が広いから、萬葉歌人のなかで「昔風」や「今風」が見られて面白い）。
ちなみに赤人は自然を詠むのが得意な人で、たとえば有名な「田子の浦ゆうち出でて見れば真白にぞ富士の高嶺に雪は降りける（巻三・三一八）」の作者でもある（※

注・百人一首だと「田子の浦にうち出でて見れば白妙の富士の高嶺に雪は降りつつ」なので注意！　かるたをやってるあなたは間違って覚えないようにね）。

で、前回は柿本人麻呂が、飛鳥へ遷都してきたときに、昔の都・近江を見て泣けてくる、という歌だったけれど。今回は山部赤人が、平城京へ遷都してきた時代に、飛鳥の地にあった都を思い出す歌になっている。時代は移り変わりますね！

歴史の勉強になるけれど、天武天皇が飛鳥浄御原宮へ遷都したあと、持統天皇が藤原京に遷都する。そしてその後時間が経って、平城京へ都は移る。

小学校の教科書だと「なっとーだいすき平城京（七一〇年遷都）」と「なくようぐいす平安京で（七九四年遷都）」しか教えられないんだけど、まあ意外にその間にも彼らはちょこちょこ遷都する（そりゃまあ現代よりもずっと災害の規模は大きく、政治闘争も激しかったわけだし、遷都したくなる気持ちもわかる）。

だけど今よりもずっと引越しが大変だった時代のことだ。山部赤人のよーな繊細な歌人からしたら、「ああ昔の都よ……俺は今もきみ（旧都）が好きだし覚えてるよ！（泣）」と詠みたくなるのも頷ける。そんなわけで今回の歌へ至るのである。萬葉集の時代、都が変わっては新しい都をたたえて歌を詠み、あるいは旧い都を思い出して歌を詠むもんだったのだ。

だから今回の歌でも「明日香川」と、ご当地の川の名前が詠まれている。川の上に立つもわもわとした霧を自分の心情にたとえるの、いい感じに愛が重たくていいね、と思う。霧みたいに、すぐ消えるもんじゃない自分の心情。

とすると、自分の心情を「孤悲＝恋」と詠んだ意味もちょっとわかってくる。

つまりここには「恋しさ、って何か」というある種深いテーマが埋まっていて。だって恋しさというのは、そこにあるはずの片割れがいなくて、ひとりでいる切なさや悲しさを抱えている心情なのだ。だから孤独が悲しい、と書く。

つまり、都はそこで栄えているはずなのだ。あの頃うつくしかった都がそこにあるはずなのだ。だけど実際には、荒れ果てた場所だけがある。そこに、自分の思い慕う対象が、あるはずなのに現実には、ない。そういう状況下で、人は「自分はひとりだ、悲しい」と感じて、それゆえに対象を「恋しい」と感じる……というのが、萬葉集の提示する「恋しさ」の構造らしい。ってこれは大学の先生に習った解釈なんですが。

何もないのに、一人で悲しい、と人間は思わないらしい。そこにあるべき何かがないから、人間は、孤独で悲しい、と感じる生き物らしい。そしてその対象が恋しいのだ、とも。

その対象が都だろうと人だろうと、構造は変わらないだろう。恋しさは悲しさにつながる。悲しさも恋しさにつながる。千三百年前の人が言うんだから、なんだか説得力のある話に思える。

想いが芸術に昇華するとき

柿本人麻呂　作

今回の歌

去年（こぞ）見てし秋の月夜は照らせども相見し妹はいや年離る

（巻二・二一一）

現代語訳

去年見た秋の月は、今年も夜を照らすけど、
いっしょに月を見たあなたは、
年月といっしょにどんどん遠ざかってくんですね

前の章に引き続いて柿本人麻呂の歌なわけですが。前章で述べたように、柿本人麻呂は、その実像がわかりづらい人である。持統天皇あたりの時代に活躍したことや、宮廷歌人として和歌を作ったことはなんとなくわかっているものの、その生年月日やら詳細なプロフィールは未だに謎。まあ、だからこそ柿本人麻呂への信仰がうまれた、ってか「歌の神！」と崇められ得たのだろうけど。

柿本人麻呂への信仰エピソードを体現するもののひとつに、百人一首に所収されているこちらの歌がある。

あしひきの山鳥の尾のしだり尾の長々し夜をひとりかも寝む

これ、百人一首には「作者：柿本人麻呂」として扱われているのだけど。実は萬葉集にはひとことたりとも「作者：柿本人麻呂」なんて書いていない（！）。萬葉集には「作者未詳歌」（＝作者が誰かわかっていない歌）として掲載されているだけなのだ（巻一一・二八〇二番或本歌）。

じゃあ一体なぜ平安時代の百人一首（藤原定家（ふじわらのていか）が選んだという）では、柿本人麻呂の作った歌だと思われたのか？　と考えてみると、どうも平安時代に『人麿集』という萬葉集の一部を集めた本があり、そこに載っていた和歌はすべて人麻呂が作者だと誤解された……という過去があったらしい。あれですよね、「めっちゃ柿本人麻呂は神！」というノリがあると、「え、実はそれ人麻呂の歌じゃないんちゃう？」とは誰もツッコミを入れづらいですよね。うすうす気づいてても言いづらかったであろう。

人麻呂は歴史を超えて崇拝されすぎた（どれくらい崇拝されてたかといえば、江戸時代に人麻呂一千年忌だからって、人麻呂に朝廷からめっちゃえらい神の位が与えられたくらいだ。「正一位柿本大明神」というようになった。えらそうでしょう……）。しかし実際に彼の歌を詠んでみると、崇高に歌い上げるような和歌もいいけれど、奥さんを亡くした時のような身近な和歌にこそ魅力があるよなぁ……と思えてくる。

というわけで、今回は彼が愛する妻を亡くした時の歌。通称「泣血哀慟歌」というのだけど、実際「血の涙を流した」というタイトルそのまんまの、孤独で、切なくて、くるしい歌なのだ。

「泣血哀慟歌」は六首から成り立っている。長歌に短歌を二首、というセットをまる二回くりかえした構成。長歌はちょっと長いんだけども、引用してみたい。

　柿本朝臣人麻呂の妻死して後泣血哀慟して作りし歌二首ならびに短歌

天飛ぶや　軽の道は　吾妹子が　里にしあれば　ねもころに　見まく欲しけど　止まず行かば　人目を多み　まねく行かば　人知りぬべみ　さね葛　後も逢はむと　大船の　思ひ頼みて　玉かぎる　磐垣淵の　こもりのみ　恋ひつつあるに　渡る日の　暮れぬるがごと　照る月の　雲隠るごと　沖つ藻の　靡きし妹は　もみち葉の　過ぎて去にきと　玉梓の　使の言へば　梓弓　音に聞きて　言はむすべ　為むすべ知らに　音のみを　聞きてあり得ねば　吾が恋ふる　千重の一重も　慰もる　心もありやと　吾妹子が　止まず出で見し　軽の市に　吾が立ち聞けば　玉だすき　畝傍の山に　鳴く鳥の　声も聞えず　玉桙の　道行く人も　一人だに　似てし行かねば　すべをなみ　妹が名喚びて　袖そ振りつる

（巻二・二〇七）

　軽の街道は私の奥さんがいるとこやし、ちゃんと行きたかったんです。でもほら、ちょくちょく行ったら人目につくし、頻繁に行くとみんなに噂されてしまうでしょ。やから、今じゃなくてもう少し先にちゃんと会おうって約束して、こっそり恋愛してたんですよ。そしたら、たとえば空を渡る日が暮れるみたいに、照る月が雲に隠れるみたいに、奥さんが亡くなりました、って知らせが届きまして。言葉も出ないし、でもじっとしてることもできなくて、彼女がよく行ってた軽の市に行ったんです。そこでじっと耳をすましました。けどやっぱり彼女の声も、鳥の声すらなくて、道行く人の誰も彼女に似てなくて。どうしていいかわからなくなって、彼女の名を呼んで、ただひたすら、袖を、振ってたんです。

秋山の黄葉(もみち)を茂み惑(まと)ひぬる妹(いも)を求めむ山道(やまぢ)知らずも　（巻二・二〇八）

秋の山には紅葉が茂ってるから、迷子になってる奥さんを探そうにも、その道すらわからんもんですね

黄葉(もみちば)の散り行くなへに玉梓(たまづさ)の使ひを見れば逢ひし日思ほゆ　（巻二・二〇九）

紅葉が散っていくとき、手紙を届ける人を見ると、
奥さんと会ってた懐かしい日のことを思い出してしまいますわ

一見ひたすらに切ない、亡くなった奥さんへの気持ちを詠んだ歌に思えるのだけど。実は客観的な目線で文芸作品の完成度を担保しているのだ。たとえば「軽の道は　吾妹子が　里にしあれば（＝軽の街道は私の奥さんがいるとこやし）」と最初に断っている部分なんか、「軽の街道」の説明を入れてて、ちゃんと第三者を意識していることがわかる。

そう、柿本人麻呂はただ自分の想いを吐露するというよりも、ひとつの作品として自分の想いを昇華している。それがこの作品のすごいところ、というか、いいところだな、と私は思う。

たとえば、この作品には明瞭に「時間軸」が存在している。

ちょっと想像してみてほしい。誰か大切な人がいなくなったとき（って縁起でもない想像させてごめん）、その喪失を実感するのは、いつなのか、と。

ただその人がいなくなって悲しい、と喪失の直後も思うだろうけれど、それから時間が経ったときも、その人がいたときから時間が経ってしまって悲しい、と思うだろう。時間が記憶を連れていって、ただ実感とともにあった過去がどんどんやわらかな思い出に変わる。鮮やかさが消えていく。ただその人がいなくなったショックよりもずっと、じんわりと悲しみが重たいであろう段階だ。

喪失は、時間の経過とともにある。決して、喪失したっていう事実やある一点においてのショックのことではなく、時間を経て段階を踏んでいくことこそが「誰かを喪う」ことの本質だ。――これを発見して歌に詠んだのが、柿本人麻呂の作家性なんだろうと私は思う。

具体的に見てみよう。

前に掲載した長歌では、「奥さんと過ごしていた時期」の説明から、「奥さんが亡くなったと聞いたときの感情」を歌っている。時間軸で見ると、亡くなったと聞いた直後の段階だ。「袖を振る」ことがこの時代の愛情表現だったことを考えると、喪失を受け入れられていない、何が起こったのかよくわからない、という心境だろう。

そして次の短歌では、奥さんを山の中で探そうとしている段階……つまりは、まだ奥さんがいないことを受け入れられていないことがわかる。亡くなったとは聞いたけれど、まだ探そうとしてしまう。でも、秋の山であんまり紅葉が茂っているから、彼女の姿は見つけられない。ここで、紅葉のせいで見つからないだけなんだ、と言ってるところが切なくてかなわないなぁ、と個人的には思ってしまう。

そして最後の短歌では、さっきの歌では茂っていた紅葉が「散っていく」時期に、奥さんと手紙をやりとりしていたことを思い出す。少しずつ、時間は経過していくのだ。最初の長歌では喪失に呆然としていたのに、最後の短歌では、会っていたことがもう過去になっている。

次に掲載された長歌と短歌二首では、さらに時間が経過していく様子が歌われる。

うつせみと　思ひし時に　取り持ちて　吾が二人見し　走出（はしりで）の　堤（つつみ）に立てる　槻（つき）の木の　こちごちの枝（え）の　春の葉の　茂きが如（ごと）く　思へりし　妹（いも）にはあれど　たのめりし　児（こ）らにはあれど　世の中を　背（そむ）きし得ねば　かぎろひの　燃ゆる荒野（あらの）に　白栲（しろたへ）の　天領巾（あまひれ）隠（がく）り　鳥じもの　朝立ちいまして　入日（いりひ）なす　隠りにしかば　吾妹子（わぎもこ）が　形見に置ける　みどり児の　乞ひ泣くごとに　取

り与ふ　物し無ければ　男じもの　腋ばさみ持ち　吾妹子と　二人わが宿し
枕づく　嬬屋の内に　昼はも　うらさび暮し　夜はも　息づき明し　嘆けど
も　せむすべ知らに　恋ふれども　逢ふ因を無み　大鳥の　羽易の山に　吾
が恋ふる　妹はいますと　人の言へば　石根さくみて　なづみ来し　吉けく
もぞなき　うつせみと　思ひし妹が　玉かぎる　ほのかにだにも　見えなく
思へば　（巻二・二一〇）

奥さんがこっちにいたとき、ふたりで手を握って見た、堤に立つ欅の木。その枝に春の葉が繁るみたいに、ずっと恋をしてたし、信頼してたんですよね。でも無常の運命に背くことはできへんから、彼女は、荒野で鳥みたいに朝飛び立って夕日みたいに隠れてしもたんです。奥さんが形見にのこした小さい子どもが泣いても、あげられるものなんてないし、どうあやしていいかわからん。私は男なのに子どもをかかえて、奥さんと一緒に寝た寝室で、昼は寂しく暮らして夜もため息をずっとついてるんです。嘆いてもどうすべきかわからんし、会いたいと思っても会えんし、羽易の山に彼女がおるって誰かが言うままに、岩の合間を苦労して来たんですけど。でも、その甲斐なんてありませんでした。ずっとこっちの人だと思ってた奥さんの姿が、まったく見えんし、ね

去年見てし秋の月夜は照らせども相見し妹はいや年離る　（巻二・二一一）

去年見た秋の月は、今年も夜を照らすけど、
いっしょに月を見たあなたは、
年月といっしょにどんどん遠ざかってくんですね

衾道を引手の山に妹を置きて山路を往けば生けりともなし　（巻二・二一二）

引出の山にあなたを置いて、寂しい山の道を帰っていくと、
自分が生きてる気がせえへんわ

亡くなってからだいぶ経って、彼女のいない生活が続いている。けれど現実は否応なく襲ってくる。子どももいれば、彼女と過ごした部屋もある。彼女との思い出（手を握って見た欅！）から始まり、彼女がいるという山に登ったけれどいなかった……という最後で終わる。生活の苦労を詠んでいるところに、なんとも言えない「家族の喪失」を綴った切実さがにじみでていると思いませんか？　思い出と比較するから、今のつらさが鮮明に描けるんだろう。

そして次の歌では、年月が経って、また秋がやってきた様子を描く。今度は「月」を重ねる。一緒に見た月が、今年も変わらずかがやいているのに、一緒に見た人は、そこにいない……。「一年」という周期を表現するのに「月」を持ってくるあたりが、詩人としての才能だよなあ、と私は思う。

そして最後は、最初に「奥さんを探した」山の道のことを詠む。思い出してほしい、前の歌では山の中の道をさまよっていた。だけど何がすごいって、今回の歌ではもはや山から降りてゆく、つまりは「山から家へ帰っていく」自分のことを詠んでいるのだ。

長歌で、家のなかの生活や妻がいない生活について詠んでおいて、そのうえで、妻はきっと山奥にいるのに、そこから降りて家へ帰らなくてはいけない自分のことを詠む。帰る先は、妻のいない現実生活だ。

はっきりと時間が経過していく、そのなかで薄れない喪失のさみしさ、だけどそのさみしさの種類が変わっていく様子を人麻呂は描いている、のだと思う。だからこの歌群は傑作だと言われるのだろう。

人がいなくなる寂しさは、いなくなったときのショックだけじゃない。そこから続いていく生活のほうが、よっぽど「生けりともなし（＝生きている気がしない）」現実だし、つらいし、痛いのだ。

……ってこんなことを、まだ日本語もはっきりと確立していなかった時代に「歌」として詠めたのもすごいし、まあそりゃ歌の神様くらいに思われちゃうよな、と私は「泣血哀慟歌」を読むたび納得してしまう。たぶん、今でもわかる人にはわかる歌なんじゃないだろうか、とも思う。

すべてが不在を知らせるものになる

今回の歌

我妹子(わぎもこ)が植ゑし梅の木
見るごとに心むせつつ
涙(なみた)し流る

（巻三・四五三）

現代語訳

私の妻が植えた梅の木を
見るたびに、心は悲しみつつ
涙が流れるよ

大伴旅人 作

柿

本人麻呂の喪失の話も長々としてしまったので、他の歌人の詠む喪失についても触れてみようと思う。ってついでみたいに言うけど。

今回は大伴旅人。美少女と川でばったり出会う妄想をしたり、梅を見る宴会をひらいたり、元気に過ごしているおじーちゃんかと思いきや、彼も彼で奥さんを亡くしており、なかなかに切ない歌を残しているのだ。いや美少女妄想話だけ紹介すると誤解されそうだしね、ちょっとシリアスなお話もあるよ……！

梅の宴会をした場所こと大宰府に大伴旅人は赴任していた。実はそんなに長い間いたわけでもなく、終わりは意外とはやく三年にも満たない赴任期間だった。旅人って大宰府で歌を詠んでたイメージがあるからずっといたように思えるけれど、案外短いなあ、と私はこれを知ったとき驚いた（旅人は大宰府の前に征隼人持節大将軍として九州へ行ったりもしてるのだけど、大宰府にいた期間だけだと三年もない）。

しかし一年目に大宰府で妻・大伴郎女が亡くなる。旅人は六四歳、もう立派なおじいちゃんだっただろうけれど（実際彼の享年は六七歳だ）、そのショックをずっと歌に詠んでいる。

今回紹介する歌は、そんな旅人が大宰府での赴任を終え、都に帰るときに詠んだ歌たちだ。

たとえば一首目は、こんな歌で始まっている。


我妹子（わぎもこ）が見し鞆（とも）の浦のむろの木は常世（とこよ）にあれど見し人そなき　（巻三・四四六）

私の妻が見た鞆の浦のむろの木は、
ずっとこの世にあるんやけど、
見た人はもうこの世におらん

地方から帰京する歌といえば、その嬉しさを詠むのがふつうだったりする。だってやっと都に帰れるのだから。

だけど旅人の帰京の歌には、あんまりその嬉しさが綴られない。むしろ奥さんを亡くしたことへのつらさばかりが詠まれている。おしどり夫婦だったんだろうなー、とちょっと想像してしまうほど。

ちなみに、旅の途中でずっとこの世にあって変わらないものを見ることは旅の無事を約束してくれることだ、という信仰が当時はあったという説もあるから、おそらく「むろの木」を見ることは彼らの旅路の無事を祈ることでもあったのだろう。だけど今はひとりで旅路を祈らなくてはいけないのだ。むろの木に、どういうこっちゃねん、奥さんどうしてくれてんねん、とツッコミのひとつやふたつ入れたくなるとこかもしれない（そんなことはないか）。

一首目のほかにも、こんな歌がある。

行くさには二人(ふたり)我が見しこの崎をひとり過ぐれば心悲しも　（巻三・四五〇）

行き道ではふたりで見たこの崎を、
ひとりで通り過ぎていくので悲しいわ

帰り道はひとりになってしまった……という言葉からは、「帰京のときこそ、来た道を思い出すから余計に妻の不在が感じられて寂しい」ことが伝わってきて、悲しい。

旅人にとっては、もはや帰京のよろこびなんてないのだろう、なぜなら帰京してもそれを分かち合う人がいないから。なんとも切ない話。
そして彼の帰京の歌群はこちらの歌で終わる。

人もなき空しき家は草枕旅にまさりて苦しかりけり
（巻三・四五一）

人気のないからっぽの家は、
旅の苦しさよりもずっとくるしいもんやなあ

妹として二人作りし我が山斎は木高く茂くなりにけるかも
（巻三・四五二）

妻とふたりでつくった我が家の庭は、
木が高く茂ってしもたよ

我妹子が植ゑし梅の木見るごとに心むせつつ涙し流る
（巻三・四五三）

私の妻が植えた梅の木を見るたびに、
心は悲しみつつ涙が流れるよ

「草枕」は「旅」の枕詞なんだけど、旅路よりもずっと、家に帰ってからのほうが旅人にとっては苦しかったみたいだ。だからこそ彼の帰京の歌はまったく嬉しそうじゃなくて、むしろ悲しみに満ちていた。

普通は、ひたすら安全を祈って、くるしい思いや大変な思いをするのが当時の「旅」なのに。帰ってから誰もいない家にいる、安全なはずの場所のほうが、「苦しかりけり」というのは、何とも言えず悲しい歌だ。

それから帰ってきて見た庭（＝「山斎」と書いて、しま、とよむ。池とかちゃんとある庭のことだ）は、あんなに丁寧に手入れしてたのに木が高く成長して、それから葉も生い茂った。

そして最後に、木のなかのひとつの梅に注目する。妻が植えた梅を見るたび、妻のことを思い出すのだ、と。

シンプルな歌なんだけど、大宰府でも詠んでいた「梅」がこの最後にやってくるところが泣けてくる。令和の出典になった、妻を亡くした旅人を慰めるために開かれた宴会で詠まれていた梅の木、だ。そう。とぼけたり、ちゃかしたりしていたあの歌人たちは旅人を気遣っていたのである。

妻と一緒につくった庭とか、もう妻のいないがらんとした家とか、そんなものこそが、生活の痕跡こそが、不在を際立たせる。そしていちばんは、彼女の植えた梅の木が。「見るごとに」（＝見るたびに）、思い出してしまう。だから悲しい。

これが「梅の木を見ると泣いてしまった」じゃなくて、「梅の木を見るたびに泣いてしまう」なのが、歌群のラストらしい表現だなぁと思う。なんというか、今までは旅路や帰ってきた家で「何かを見ると悲しくなる」歌ばかりだったのだけど。最後になって「見るたび悲しくなる」ものを、ぽんと置いている。喪失はよみがえるし悲しさはぶりかえす。それをちゃんと表現するのが、萬葉集の文学作品たる所以（ゆえん）だし、やっぱりいい歌だなあ、と思う。

この次の秋、彼自身もまたこの世からいなくなる。通い婚が主流だった当時、なんだかんだ、こんなにちゃんと（一緒に庭を作るくらい！）夫婦で暮らしていたのは珍しかっただろう。あとを追うようにして、なんて言葉は使い古されすぎて嫌だけど、やっぱり彼については「あとを追うようにして」亡くなったんだろうなぁ、と言いたくなってしまう。

悲しみは
春の光のなかに

今回の歌

うらうらに照れる春日(はるひ)に
雲雀(ひばり)あがり
心悲しも
ひとりし思へば

（巻一九・四二九二）

現代語訳

うららかに照らす
春のひざしの光のなか、
ひばりが舞っていて、
心は沈む。
ひとりで思ってると、ね

大伴家持
作

萬葉集のなかでいちばん好きな歌は？　と聞かれると、さんざん迷った挙句（あげく）にこの歌を出す気がする。

ああー最後、完全に個人的な趣味で終わることをゆるしてください。いや、今までも個人的な趣味で歌を勝手に選んできましたけれども。

しかしこの歌、いい歌なんである。

なんというか、ほんとに、もう、これがすべてだよな、と読むたびに胸がきゅんとしてしまう。萬葉集でもっとも収録数の多いあの歌人、そう、大伴家持の歌だ。

ちなみに詠まれたのは旧暦の二月二十五日。今で言うと四月三日くらい。きもちのいい、晴れた春の空。

ひざしが照っていて、春の光がその場をつつむ。そんな、一年のなかでももっともやさしくうつくしいであろうなかを、雲雀が舞い上がる。空に向かってぴゅうっと飛ぶ。

……なんて素敵な光景なんだろう、と思うんだけど、詠み手の「心」は悲しい。なぜなら、彼はひとりでものを思っているから。なにを思っているのかは綴られていない。ただ悲しいのだ。ひとりで考えていると。

と、こう解説すると、なんだかよくわからない歌に思えるかもしれない。だけど一歩引いてこの歌の全体像を見回すと、私にはこの歌の言ってることがよくわかる。

こんなにもうつくしい春の日「だから」、悲しいのだ。

考えてみてほしい。たとえばひとりで考え事をして孤独を感じるとき、あるいはものすごく自分はひとりだとひとりひとり思うとき、それがとっぷりと更けた夜だったり、あるいはどんよりした雨の日だったりすれば、そりゃ悲しいけれど、同時に、悲しみにひたることも可能だと思うのだ。

外でどっぷり雨が降っててくれると、悲しみにくれることがちょっと楽しい、という気分も生まれ得る。それは自分の気分に天気や景色が共感してくれているように思えるからで、自分は孤独でも天気が孤独にさせないようにしてくれている……と感じることも可能、みたいな話だ。

だけど外の天気が、あまりにも明るくてやさしい春の晴れたひざしだったとしたら。うつくしい光に包まれながら、雲雀なんかが楽しそうにぴゅいっとやって来たりしたら。

そんななかで、自分がどっぷり孤独で、ひとりだったとしたら。

そんなに悲しいことってない、と私は思う。

明るい春の日だから、自分が孤独なことに泣けてくる。うつくしい景色に包まれているからこそ、ひとりであることが悲しい。

……そんな感覚を、奈良時代に詠んだ人がいたのかと知ると、驚くとともに、なんかいいなあ、すごいなあ、文学って強いよなぁ、とも思えてくる。

当時、「ひばり」を歌に詠むことは珍しかったし、「うららに」なんて言葉を使うことも珍しかった。さらに春を悲しいものとして詠むという思想すら、珍しかった。

そんななかで、家持はこの歌を作って、詠んだのだ。

珍しい形式を使ったのは、きっと自分の孤独をいちばん的確なかたちで表現したかったからなのだろう。彼はその的確な表現をさがした結果、きっと「春の日だからこそ悲しい」という場所に行き着いたのだな、と想像できる（いや、妄想ですね）。

――でももし本当にそうだとすれば、家持は誰も行き着いていない場所に行き着いたということだ。彼は歌のなかで孤独をものすごく悲しがってるくせに、歌を作る際にもやっぱり孤独だったのだろう。表現者としての才能とうらがえしの孤独。切なくなってしまう話だけど。

今も使われる言葉に、春愁、という言葉がある。中国・唐代の漢詩にもある言葉だ。だけど当時、その感覚を持っていた人はきっとそんなに多くなかっただろうなと想像できる。そこにひとりで行き着いてしまえる家持の感覚の鋭敏さを思うと、「そりゃきみは孤独だよ……」と苦笑してしまいたくもなる。そりゃなかなかほかの誰もその域には達することはできないよ。

だけどだからこそ、彼のその才能があったからこそ、こうやって、今の時代に生きる私が読んでも感じ入ってしまう歌を詠めたのだろう。才能はいつの時代も孤独なのかもしれない。

うつくしい春の光のなかでこそ、人は悲しい。ひとりだから。これ以上の孤独の表現を、私はほかで見たことがないのだ。

さて、萬葉集には、いろいろと紹介したように、恋をして誰かをもとめる歌も、喪失から誰かをもとめる歌も、双方載っている。

そして誰かをもとめたすえに、こうやってひとつの文学作品として、わざわざ他人と共有する言葉になって、和歌になって、残っている。

だけど誰かをもとめるのは、そのひとが、孤独だからだろう。

満たされてたら欲したりなんかしない。孤独だから誰かをもとめたりするのだ。そしてそれを他人と分かちあいたい、とか思って言葉にするのだ。SNSも萬葉集もたいして構造にかわりはない。

しかしそれを考えると、萬葉集も、ほかの文学作品も、あるいは誰かのSNSでつぶやかれた言葉も、孤独がひきあうすえの産物、けっきょく「ひとりし思」った結果として、今なお「ひとりし思」っている私たちに届いたものなんだな、と思う。

だからって孤独が薄まるわけでもないけれど。それでも、萬葉集が残ってきたのは、そうやって孤独のひきあう力が千三百年間ずーっとおとろえてないから、と言えるかもしれない。すごい話だ。

時代を超えて文学が残るってただごとではない。今の私たちに萬葉集の言葉が届くのは、当たり前のことじゃない。

うらうらに照れる春日に雲雀あがり心悲しもひとりし思へば　（巻一九・四二九二）

うららかにてらす春のひざしの光のなか、
ひばりが舞っていて、心は沈む。
ひとりで思ってると、ね

いやーでもなんで千三百年たってもみんなひとりし思ってんでしょうね。謎だね。

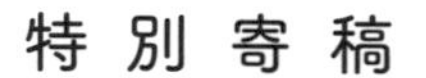

特別寄稿

星を
みている

相澤いくえ

入社して3年がたった
「とりあえず3年」と、いろんな人が言うように
なるほど
3年間目の前の仕事を一生懸命
こわい先輩
ちょっと前にずっと付き合ってた彼と別れた
つまらない理由で
このトークルームを削除します。よろしいですか?
キャンセル
削除
大好きなアイドルのスキャンダルが報じられた
それもつまらないことだ
TOUR 20
HIBAR
妄想とツッコミ?

付き合ってた彼に
「つまらない」と
言われたこと
こわい先輩に
「社会人らしい趣味を
持った方がいい」と
イヤミを言われたこと

わたしでも読める
本かもしれないな…

むらさきのゆき
しめのゆき…
あっこれは、
知ってるな…
鼻の色…？
なんだこれ…
お酒、ああ
聞か猿…
ちがう、悪口？
あるなー
こういうこと

カニて！
えー
なんでこの歌
詠んだんだろ

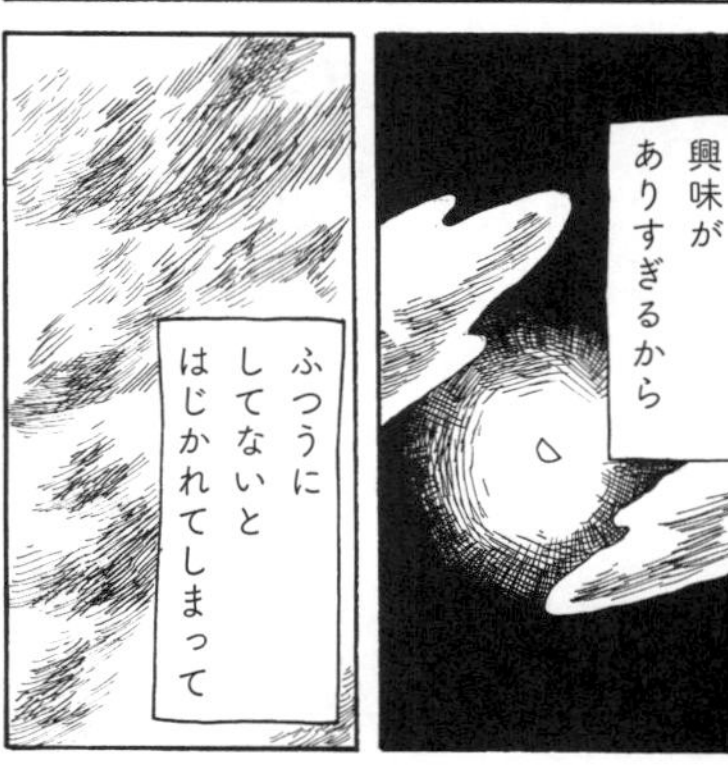
人は他人のことに
興味が
ありすぎるから
ふつうに
してないと
はじかれてしまって

いつもはこわい先輩が
カフェで1人
ため息をつくのを
見た時

いつも明るい
友達に実は
大きな悩みが
あった時
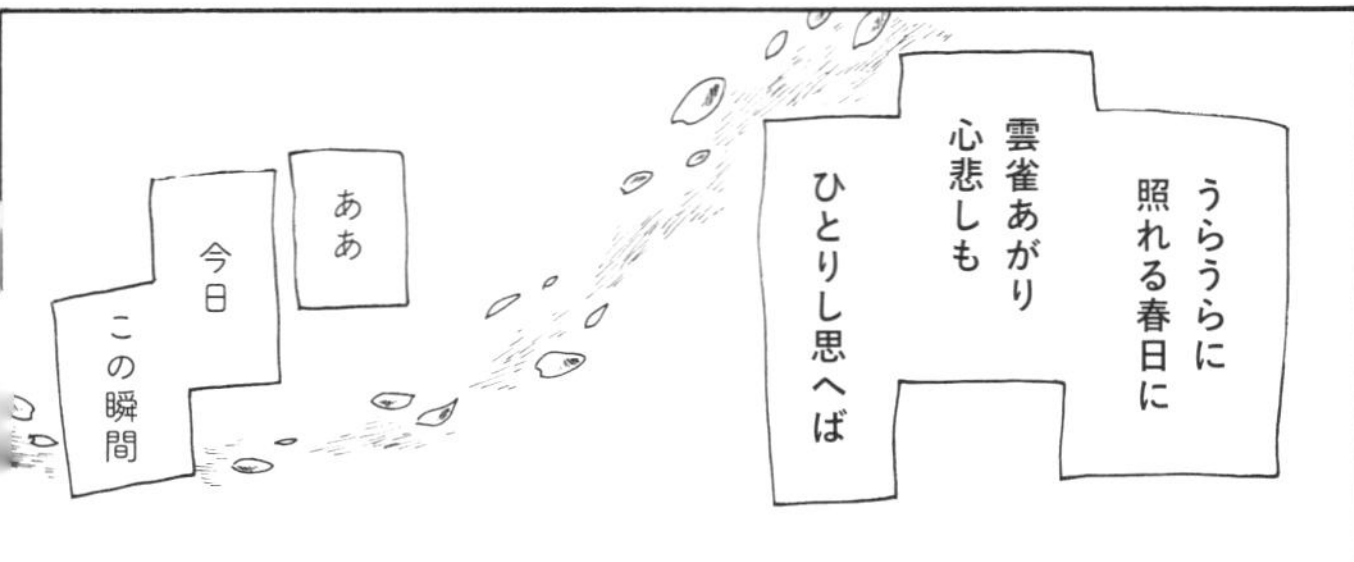
うらうらに
照れる春日に
雲雀あがり
心悲しも
ひとりし思へば
ああ
今日
この瞬間

すれちがった
幸せそうな
あなたが
どんなことを
思っているのか
私には
分からなくて

悲しんでいても
苦しんでいても
それを分かり
あえないことが
本当に恐ろしい

たとえ
どんなに
近くに
居られたとしても

この物語はフィクションです！

おわりに

萬葉集と私

さて。かくも素敵な相澤さんの漫画のあとに、言うことなんてほぼないわけですが。

ひとまずは『妄想とツッコミでよむ万葉集』のお買い上げ、ありがとうございます。図書館で借りてくださったあなたもありがとうございます。立ち読みしているあなたは……あとがきから読むタイプなんですね？　まあいいや、ありがとうございます。

この本は、『『令和』フィーバーが冷めないうちに、萬葉集を好きになる沼にみなさまを引きずり込むぞ大作戦」と（私が勝手に）題し、萬葉集のおもしろいところだけを煮詰めてお渡しする……という（私が勝手に作った）コンセプトのもと作られました。はい、改元に乗じた本なのですよ、実は。みんながちょっとでも萬葉集に興味を持っているうちに、萬葉集のおいしいとこをジャムみたいに煮込んで砂糖をたっぷりかけて食べていただこうと！画策したわけです！　うまくいってるといいんですが！

しかしそんな萬葉集入門書の著者が、なぜ大学で萬葉集を教えている先生でも、萬葉集の訳を出したことのある方でもなく、私なのかといえば……。それはもう編集者の西山さん（@大和書房）があまりにも博打打ちだから、というほかありません。ふつうは由緒正しき萬葉集の本をこんな一介の小娘に書かせようだなんて思いませんよ。ねえ、結果としてまったく由緒正しくない本になりましたね!?　拡大解釈を多用し、インターネット文体を駆使し、こんな本が出来上がりました。

著者としては、読者のあなたに、この本の「由緒正しくなさ」をおいしく食べていただけることを祈ってやみません。

ちょっとあとがきなので「萬葉集と私」的な、個人的な話をすると（興味ない方は回れ右してください）。私は大学の先生ではないんですが、大学院で三年間萬葉集を研究していました。正直こう書いてみれば「たったの三年かよ」と思うんですが、だけど個人的には二十二歳から二十四歳の青春を萬葉集につぎ込んだわけで。自分としては、やっぱり萬葉集は一生「特別な文学」であり続けるだろうな、と思っています。好きな文学はほかにもあるけれど、萬葉集は特別、みたいな。うーん、この特別感をなんて説明すればいいんですかね。人生ではじめて結婚を考えた彼氏、みたいな？（こんな比喩イヤですね。家持に怒られそうです）。

ぶっちゃけ私は大学院生のとき、己の研究者適性のなさを自覚して萬葉集研究から離れたわけです。「自分は研究者にはなれねえ、面白い解釈と正しい解釈だと実証できなくても面白い解釈をとっちゃうんだな……」と。その時は、もう一生、萬葉集と向き合うことはないだろう、と思っていました。あえて就職先も大学院の研究とは全然関係ないとこにして。

大学院をやめて就職し、上京し、晴れて入社式を迎えた、忘れもしない二〇一九年四月一日。きっとあなたもご存知の通り、元号が発表されました。（ちなみに友人はみんな私が萬葉集を研究していたことを知っていたので、「ねえ新しい元号の出典、万葉集じゃん！　めっちゃニュースになってるね！　三宅詳しいよね？」と私のもとに連絡がたくさん届きました）。

その時、ぼんやりと、「ああこれは萬葉集について何か書くことになるかもしれない」と感じていたのですが。インターネットで萬葉集についてなんか記事書くかな、くらいの感覚で。しかし現実は文学よりも奇なり。まさかその元号発表が、こうして一冊本を書く機会を与えてくれることになるとは。何か書く、どころの話ではなかった。――大学院の時に買ってた研究関係の本を実家から送ってもらうぐらい、がっつり書くことになったやんけ！　人生はふしぎなものです。萬葉集から離れるぞ、と思って上京したのに。

都合のいい解釈ですが、なんとなく、神様が「三年間頑張って学んだことを忘れちゃだめだよばかやろう」と言ったような気がしました。

完全に余談ですけれども、もしこれを読んでくださってるあなたが、アカデミックの世界にかかわっていたり、大学生や大学院生の方だったりしたら。この本が、「大学で勉強したことや研究を世間に還元する方法は、大学の先生をすることだけじゃないんかも……」と、私と一緒に考えるきっかけになってくれたら嬉しいなあ、と今思いました。今思っただけなので、たいそうな話ではないんですが。

そんなわけで、私としては思い入れのある、だけど正しいものではない萬葉集への重たい愛情を、一冊の本にする機会を与えてくれた大和書房および編集者の西山さんには、感謝しかありません。ありがとうございます。

ここでさらに個人的な話をしておくと、実はこちらの西山さん、同じ京都大学の文学部で育った（育った？）同級生でもあるんですよ……。ねえ、すごい偶然だと思いませんか。

同じ大学の場で育った（育った？）同級生に、大学で学んだことを世に出すきっかけをもらうなんて、ありがたいし、すごいことだな、と私はけっこう感動しました。ありがたいですね。ありがとうございます。（まあ感動に反比例するかのように原稿はいつも締め切りに遅れ、ご迷惑ばかりかけていましたが……ほんとに申し訳ありません）。

私の知っている萬葉集は、自分の通っていた大学の自由でおおらかでカオスな空気のなかで読む、自由でおおらかでカオスな文学だったので。

自分の知っている萬葉集の空気感——つまりはそこに内包されるやさしさ、大らかさ、さまざまなものがごった煮で並列されているカオスな秩序——を本に閉じ込めることができたらいいな、と思っていました。

せっかく編集者さんも大学の空気を知っている人だし、ねえ。

西山さんからこの本の依頼を聞いたとき、思ったのは、萬葉集のことを「ちゃんと」教えてくれる本はすでにたくさんあるよなあ、ということでした。（実際、元号が決まったときは、すぐに萬葉集の入門書がたくさん本屋に並べられたし）。でも裏を返せば、もし自分の本で萬葉集を面白いと思ってもらえたら、そこから「きちんとした」知識を伝えてくれる本に辿り着く道はたくさんある。だから、自分はとにかく萬葉集の変なところ、ツッコミを入れたいところ、妄想がかきたてられるところ、つまりは面白いところを伝えよう。そんなことを思って、この本を作りました。

ほんと、萬葉集、面白いので。その面白さの具体的なとこがあんまり知られてないけれど。ちょっとでも興味をもったら、ぜひ他の入門書も手に取ってみてください。また違った角度の面白さも知ることができるはずです。

萬葉集を読んでいると、千三百年経っても、人って変わらないところは変わらないんだな、という当たり前のことを思い出します。変わらず、面白いことが好きで、人がいなくなったらかなしくて、人によりそってもらえると安心して。孤独で、さみしくて、たのしくて、嬉しいんだな、と。

とくに人と人との親密な関係性は、時を経ても一番変わらないところなのかもしれない、と個人的には思います。（逆に、遠くの人への感情、たとえば尊敬や崇拝みたいなものは「時代とともに変わる」のかも、とも思いますが）。だから萬葉集に載っている、恋をしたり家族を想ったりする感情は、まるで昨日聞いた友人の恋愛話みたいに身近で、読んでいると笑ってしまう。

こうして自分の感情を歌のかたちにしたくなるのも、よくわかる。SNSに思いのたけを綴ったり、自分の文芸を作ってコミケで売りたくなったりする現代の人と、萬葉集に自分の作った歌がうっかり載ってしまった人に、そんなに違いはないのかもしれない。

千三百年前の人の書いたものでも、文学作品になると、ちゃんと読めば、つながることができる。隣の人の考えてることすらわからないし、私が考えていることも誰にもわからないけれど、むしろ千三百年前のだれかの気持ちは文学にして残してくれるとちょっとわかるかもしれない。その、「だれかの気持ちがわかる」瞬間が好きで、私は文学を読んでいるのかもしれない。

……と、相澤さんの漫画を読んで、しみじみ思いました。相澤いくえさん、素敵な、素敵な漫画を本当にありがとうございます！　もはやこの漫画を読んでもらえたらこの本の言いたいことは伝わるのでは……とふるえました。あと泣きそうになりました。カバーのイラストも、挿絵も、本当にありがとうございました。

さて、最後になりましたが、萬葉集のことや文学の読み方を教えてくださった大学の先生方にもお礼を言わねばなりません。たくさんのことを教えてくださってありがとうございます、そしてこんな本を勝手に出す不詳の弟子で本当にすみません……。今度菓子折りを持っていきます。怒らないでください。

萬葉集そのものにも、お礼を言いたいなあ。もちろん読んでくれたあなたにも。ここから、素敵な歌や文学との出会いがあることを祈ってます！

参考文献

本文引用は以下のものに拠った

◆井手至、毛利正守『新校注　萬葉集』(2008、和泉書院)
◆佐竹昭広、山田英雄、工藤力男、大谷雅夫、山崎福之校注『万葉集(一)~(五)』(2013~15、岩波書店)
◆伊藤博『萬葉集釋注』第1~20巻(1995~2000、集英社)

本文注釈は以下のものに拠った

◆土橋寛『万葉集―作品と批評―』(1956、創元社)
◆橋本四郎「巻十六『饌具雑器』をめぐって」(『橋本四郎論文集　万葉集編』1986、KADOKAWA)
◆賀茂真淵『万葉考』(『賀茂真淵全集』1・2、1977、続群書類従完成会)
◆竹田晃『新釈漢文大系83　文選(文章篇)中』(1998、明治書院)

◆内田賢徳「巻七　一〇六八」（『セミナー万葉の歌人と作品〈第12巻〉万葉秀歌抄』（神野志隆光・坂本信幸編、2005、和泉書院、所収）
◆渡瀬昌忠『渡瀬昌忠著作集　第三巻　人麻呂歌集非略体歌論（上）』第二章第五・六節（2002年、おうふう）
◆伊藤博『萬葉集釋注』第1〜20巻（1995、集英社）
◆張文成『遊仙窟』（今村与志雄訳、1990、岩波文庫）
◆八木沢元『遊仙窟全講　増補版』（1975、明治書院）
◆島田裕子「紀女郎試論（一）」（『日本文学研究』三三号、1997）
◆大森亮尚「怨恨歌考（前）」（『武庫川国文』四四号1996）
◆内田泉之助『新釈漢文大系61　玉台新詠（下）』（1975、明治書院）

万葉集に興味をもった人のために

◆中西進『万葉集の秀歌』（2012、筑摩書房）

ちょこっと萬葉集の歌を読んでみたいな〜と思うあなたにおすすめ。全巻をざっくりと、基本情報から教えてくれる本です。中西先生は解釈が大胆で読みやすいので、はじめての方に読んでほしいな。（内容には関係ないですが、今アマゾンで見たら内容紹介に「新元号「令和」の典拠「万葉集」解説の決定版！」と加えられてて笑いました。きっと版元さんが急遽足したんだろうな……おつかれさまです！笑）。

◆リービ英雄『英語でよむ万葉集』（２００４、岩波新書）

英語で萬葉集を訳したら？　日本語の「恋」を「love」とは訳せない？　エッセイ調で読みやすい、万葉集の英文訳についての本。たとえば「籠もよ　み籠もち」は「Girl with your basket, with your pretty basket,」になってたりして、いやいや圧倒的に原文より英語のほうがわかりやすいよ～とツッコミをいれたくなる。むしろ英語で読んだほうが萬葉集は理解できるのかも。

◆里中満智子『天上の虹』１～11巻（２０００～15、講談社漫画文庫）

萬葉集の時代を知りたいあなたには、迷わずこの漫画をおすすめしたい！　主人公は萬葉集初期の重要歌人である、持統天皇。彼女と大海人皇子や額田王らの三角関係ラブを中心にした奈良時代を描く傑作漫画です。とにかく大河ドラマにしてほしい。ＮＨＫの人、頼んだ……。

本作品は当文庫のための書き下ろしです。

三宅香帆（みやけ・かほ）
1994年生まれ。文筆家・批評家。京都天狼院書店元店長。京都大学大学院人間・環境学研究科博士前期課程修了。研究テーマは「万葉集における歌物語の萌芽」。
著書に『人生を狂わす名著50』（ライツ社）、『文芸オタクの私が教える バズる文章教室』（サンクチュアリ出版）、『副作用あります!? 人生おたすけ処方本』（幻冬舎）がある。

相澤いくえ（あいざわ・いくえ）
1993年生まれ。マンガ家。2014年「モディリアーニにお願い」でデビュー。現在、「ビッグコミック増刊号」で同作を、「月刊まんがタウン」で「珈琲と猫の隠れ家」を連載している。

だいわ文庫

妄想とツッコミでよむ万葉集

著者　三宅香帆
絵　相澤いくえ

二〇一九年一二月一五日第一刷発行

発行者　佐藤 靖
発行所　大和書房
東京都文京区関口一-三三-四 〒一一二-〇〇一四
電話 〇三-三二〇三-四五一一

フォーマットデザイン　鈴木成一デザイン室
本文デザイン　鈴木千佳子
本文印刷　信毎書籍印刷
カバー印刷　山一印刷
製本　小泉製本

ISBN978-4-479-30793-8
乱丁本・落丁本はお取り替えいたします。
http://www.daiwashobo.co.jp